El cielo puede esperar

Desafío

Sheina Lee

Febrero 2022

Comentario

La historia de amor entre Gaspar y Hugo, así como todo lo vivido por la pareja son exclusivamente producto de mi imaginación.
Sin embargo, el naufragio del buque "Ciudad de Buenos Aires" fue un desgraciado acontecimiento, que conmocionó al mundo en agosto de 1957.
A continuación, dejo algunos periódicos que relatan como sucedió realmente el siniestro.
Hechas estas aclaraciones, espero que disfruten la lectura.
Sheina

"El 27 de agosto del año 1957, zarpó a las 17 del Puerto de Buenos Aires con la intención de arribar al Puerto de Concepción del Uruguay el 28 a las 0800 hs. Procedente de Rosario, venía de bajada el carguero "Mormacsurf" con destino a Buenos Aires, para completar carga con destino a los Estados Unidos. Ambos barcos navegaban a la altura actual del Km 136,7 cuando se encontraron proa con proa. Ambos cayeron (doblaron) a estribor (derecha) maniobra correcta. Intempestivamente quizás por miedo a varar sobre el veril, el Ciudad de Buenos Aires cayó a babor (izquierda) cruzándose al carguero. El "Mormacsurf" al venir de bajada con carga y corriente a favor llevaba una velocidad estimada en 15 nudos (27 km/h) por lo que le fue imposible evitar el abordaje (choque), que lo produjo sobre la banda de estribor del "Ciudad de Buenos Aires".
Los sobrevivientes fueron trasladados en su mayoría a Nueva Palmira, Martín García y Carmelo. Finalmente, hubo 95 personas muertas o desaparecidas en el siniestro.

"La insólita colisión y hundimiento del "Ciudad de Buenos Aires"
Por Juan Francisco Bacigalupe

La noche del martes 27 de agosto de 1957 en Carmelo, transcurría en calma, serena y con mucha humedad. El silencio dominaba, solo se escuchaban los ruidos de la naturaleza. Pasadas las 22.40 horas, la mayoría de sus habitantes dormía. A las 22.45 se quebró el silencio y se escuchó un tronar de sirenas y a continuación pitazos de auxilios. ¿Qué había pasado? ¿Dónde fue? Tiene que ser en el río… se preguntaban y contestaban muchos pobladores. A esa hora y al llegar al Km 123 del canal Principal, el carguero norteamericano "Mormacsurf", embiste al vapor de pasajeros "Ciudad de Buenos Aires" por estribor (banda derecha) entre el comedor y la sala de máquinas. A las 23.05 desaparece de la superficie, el que fuera el "vapor de la carrera".

"En una noche de 1957, el barco de pasajeros "Ciudad de Buenos Aires" se encontraba con una gigante nave norteamericana y desaparecía en el agua marcando un trágico hito en la historia náutica argentina. 19 minutos le llevó al buque Ciudad de Buenos Aires hundirse en el mal llamado "mar dulce", mejor conocido por estos tiempos como Río de la Plata.
A bordo iban 78 pasajeros de primera clase, 63 de tercera y un total de 89 tripulantes.

https://www.lanacion.com.ar/sociedad/el-trafico-final-de-19-minutos-del-buque-que-sacudio-al-rio-de-la-plata-y-dejo-decenas-de-muertos-nid27082021/

"Hay amores tan bellos que justifican todas las locuras que hacen cometer"

Plutarco

<u>Prólogo</u>

-De nada vale quejarse, la culpa no es toda tuya, yo fui el idiota que creí en ti. Una y otra vez, teniendo todas las pruebas indicadoras de la realidad, insistía en continuar una relación que no llevaba a nada -gemía Salvador sentado frente a su novio Gaspar, quien no dejaba de morderse los labios en un peculiar gesto nervioso.

-Lo siento tanto, no puedo evitarlo-repetía este último como disco rayado.

-No sé cómo pude creerte, siempre supe lo que eras. Y aun así, dejé atrás mi familia, mi buena posición económica, todo lo que me importaba para vivir contigo. ¡Un tipo que nunca me amó!

-Eso no es verdad, hay algo raro en mí, solo así podría explicarse el hecho de que pierdo el sentido apenas veo una cara bonita que me sonrié.Haré un tratamiento psicológico y mejoraré. Ya lo verás-sonrió Gaspar chasqueando los dedos.

-Pues tendrás que hacerlo solo, yo ya no quiero estar contigo. Hemos terminado, y esta vez para siempre. Así que junta tus cosas y vete ya mismo.

-¿Qué dices? Son las nueve de la noche y hay un temporal tremendo. No tengo a donde ir, no tengo ni un peso.

-Claro que no lo tienes, si siempre has sido un mantenido. Esas fotos que sacas en el puerto, o en las plazas no te dan ni para comprar una botella de agua.

-No te quejabas cuando llegabas cada noche a reclamar la cena, y solo tenías que sentarte y comer. O cuando cada noche te acostabas esperando mis caricias y besos.

-Algo tenías que hacer para ganarte el sustento-rugió Salvador. ¡Hasta te regalé la máquina de fotos instantánea!

-O sea que fui una especie de prostituto.

-Al principio te amé mucho, o no hubiera realizado todo lo que hice para estar a tu lado. Intenté convencerme de que cambiarías, ignoré tus infidelidades… ¡Dieciocho años, eras tan joven!-suspiró.

-Espera, no siempre fue así –se defendió Gaspar.

-Deja de mentir. Apenas había transcurrido el primer mes junto y encontré un pañuelo masculino debajo de nuestra cama. Pero te amaba tanto-sollozó Salvador .Y cometí el terrible error de pensar que en poco tiempo te amoldarías a vivir en pareja.

-Dame otra oportunidad-suplicó Gaspar .No te defraudaré.

-Demasiado tarde-agregó Salvador escuchando como la lluvia arreciaba contra la ventana.

-¿Acaso…has dejado de amarme?

-En este último viaje de negocios conecté con otra persona. Y quiero intentarlo-susurró Salvador haciendo alusión a su empleo como visitador médico. Es un hombre estable, con trabajo…todo lo que yo anhelo. Ya se me había insinuado meses atrás, pero yo nunca podría haberte traicionado. Por eso, preciso que te marches ahora mismo. Necesito comenzar de nuevo.

-¿Pero lo amas?-gritó Gaspar apretando los puños.

-El tiempo lo dirá. Solo quiero un buen compañero para ser feliz. Algo que tú no comprenderás nunca.

- Ya te dije, no tengo como pagar una pensión, mucho menos un apartamento. Insistió Gaspar. ¡Y a esta hora ningún sitio decente me recibirá!

 -Debería ponerte de patitas en la calle, pero me das pena. Te daré dinero para que puedas vivir unos días y consigas empleo, eres muy buen fotógrafo.

-No sé si me acostumbraré a cumplir un horario-comentó Gaspar frunciendo su pecosa nariz.

-Entonces regresa a tu casa en Montevideo y pide perdón. Convence a tus padres de que te equivocaste, haz lo que quieras. O consigue un viejo tonto como yo que deje a su gente por ti. Ya no es de mi incumbencia.

-Tienes treinta años, no eres un viejo.

 -Así es como me siento. Dos años contigo me han agotado.

 -Entonces es en serio-replicó Gaspar corriéndose su pelirroja caballera que tanto había llamado la atención de su amante cuando se conocieron en una fiesta familiar en Montevideo.

-Ya te lo dije, no hay vuelta atrás-comentó Salvador recordando como lo había impactado el joven desde la primera vez que lo vio:

"Fotógrafo ¿puedes sacarme una con mi familia?

-Encantado, Señor. Acomódense, los niños entre usted y su esposa.

-¿Para cuándo estarán lista? Nos vamos en poco rato- se acercó Salvador intentando entablar conversación.

-Se las dejaré al anfitrión, él se encargará de entregárselas-respondió Gaspar deteniendo su trabajo para responder.

-Será para el próximo viaje, nosotros somos de Buenos Aires. Vinimos únicamente para esta fiesta.

-Tal vez se las pueda enviar por correo. Me tendrá que disculpar, debo continuar trabajando-indicó el fotógrafo.

-¿Ese cabello es natural?-regresó el hombre intentando continuar la conversación.

-Así es, herencia de mis abuelos escoceses-respondió Gaspar confundido por el extraño cariz que estaba tomando la conversación.

-A partir de ese momento, comprendí que estaba profundamente atraído por Gaspar y ya no quería separarme de este. Tan solo tres meses después, lo mandé buscar y dejé a mis seres queridos para mudarme con él -suspiró Salvador silenciosamente.

-¿Me estás escuchando?-refunfuño el fotógrafo al ver la lejana mirada de quien había sido su amante.

-Claro que sí, solo estaba tratando de tomar algunas decisiones.

-¿Cómo cuáles?-preguntó Gaspar pensando en que el hombre le daría una nueva oportunidad.

-Seré generoso y te permitiré quedarte en el cuarto de huéspedes hasta que amanezca. Cuando despierte no quiero verte aquí-respondió con firmeza.

-Si me voy, no regresaré-vociferó el joven frunciendo el ceño.

-Esa es la idea-afirmó Salvador.

-Te arrepentirás -sollozó comprendiendo que esta vez, nada cambiaría la resolución de su amante.

-Adiós, Gaspar. Buena suerte. Cuando salgas, deja la llave sobre la mesa. Y gracias.

¿Por?-preguntó el joven asombrado.

-Sea como sea, por ti descubrí quien soy y lo que quiero-comentó entrando a la habitación donde había dormido con su amante los últimos dos años.

-Dime de que hablas.

-Soy Gay, soy libre. Y jamás lo hubiera reconocido si no hubieras aparecido en mi vida.

-Te amo, Salvador. Si me permitieras enmendar mi error todo sería diferente.

 -Adiós, Gaspar-se despidió el hombre definitivamente. ¡No te humilles más!

-Como quieras. Me voy ahora mismo, no me gusta quedarme en sitios que no me quieren-añadió cruzando los brazos caprichosamente.

-Creo que es lo mejor. Espera que te daré el dinero que prometí-afirmó Salvador.

-En cuanto mejore te lo devolveré.

-No hagas promesas que no puedes cumplir. Toma estos billetes, y sal de una vez... Me voy a dormir, mañana entro temprano -susurró sintiendo que ya no podía contener las lágrimas que quemaban sus ojos...

-¿Cómo pude ser tan descuidado? ¡Pude haber tenido a Salvador y seguir divirtiéndome discretamente! Ahora lo eché todo a perder, fui un verdadero idiota-rezongaba Gaspar mientras bajaba la escalera del segundo piso donde había vivido desde que llegó a Buenos Aires. ¿Qué hago ahora?-pensó una vez en la puerta .Ya sé, iré al puerto y miraré la hora en que sale el barco para Montevideo. Incluso puedo dormir en algún banco, así no gasto mi dinero-afirmó caminando por las desoladas calle en busca de un taxi. Tal vez por allí alguien quiera sacar una foto y eso sirva para aumentar mis ingresos - sonrió optimista.

-No tenía otra opción. Esto ya no era vida- susurró Salvador observando como el hombre que aún seguía amando se perdía en la oscuridad nocturna.

www.sheinalee.es

"Ama y haz lo que quieras. Si callas, callarás con amor; si gritas, gritarás con amor; si corriges, corregirás con amor, si perdonas, perdonarás con amor"
Tácito

Capítulo I

Apenas poner un pie en el casi vacío puerto, Gaspar comenzó a buscar un sitio tranquilo para echarse un sueño y recobrar fuerzas para el incierto futuro que le esperaba.

-Demasiado tranquilo para mí gusto. Pero por lo menos, no será difícil encontrar algún rinconcito para pasar la noche, así mañana bien temprano intento sacar alguna foto. Por suerte, Salvador no se quedó con la Land Model 95 que me obsequió para mi cumpleaños. Allí sí que hubiera estado perdido, por otro lado, si la cosa se complica siempre puedo vender este reloj- suspiró observando el Rolex de colección que le había dado su novio para el primer aniversario. ¡Gracias al cielo que tampoco me lo reclamó! Debo reconocer que estaba en su derecho, con lo mal que me porté con él-suspiró mientras recorría con la mirada los alrededores. Finalmente, acomodándose en un solitario banco, el joven cerró los ojos e intentó descansar, aunque el frio de aquel nublado anochecer de agosto, y el miedo a que le robaran su preciada cámara le impedía concentrarse en el sueño.

Sintiendo que el cansancio lo vencía acomodó el valioso objeto contra su cuerpo, y sin poder resistir más, quedó dormido.

El sol apenas daba en sus ojos, cuando escuchó el murmullo de la gente, mezclado con el gemido de su estómago, indicándole que debía buscar algo para comer.

-Hora de buscar una cafetería. Con hambre, no podré hacer un buen trabajo... Tal vez si me ofrezco a sacar buenas fotos a la tripulación de ese buque me dejen viajar gratis-comentó silbando al divisar al enorme barco que descansaba en el Puerto bonaerense.

Estaba terminando de masticar el último trozo de pan, cuando divisó a dos parejas que conversaban animadamente mientras admiraban la suntuosa embarcación. Las dos mujeres con una importante diferencia de edad tenían rasgos similares, lo que hizo suponer a Gaspar que sería un grupo familiar de vacaciones.

-Esta es la mía –sonrió Gaspar arreglándose el cabello. Les ofreceré mis servicios como fotógrafo.

Recorriendo rápidamente el corto trayecto que los separaba, el joven intentó tomar coraje, y saludado con el acento italiano que había practicado para estos momentos se presentó ante el hombre mayor.

-Buen giorno.Mi nombre es Gaspar Martín y soy fotógrafo. Tal vez les gustaría sacarse una instantánea familiar.

-No-afirmó el hombre más joven sin dejarlo terminar. Ya casi zarpamos y no lo conocemos.

-No los estoy invitado a comer juntos-tosió Gaspar, les ofrezco una fotografía familiar que podría servirles para evocar este maravilloso paseo cada vez que lo deseen.

-Creo que sería un lindo recuerdo-comentó la mujer más joven.

-Están llamando, ya es hora de abordar-señaló el mismo hombre ignorando el gesto de enojo de la muchacha. Tendrás muchas fotos en el buque, y con personas especializadas en esta recorrida extra que planificamos. .Recuerda que decidimos entrar al buque casi un día y medio antes de la partida para recorrer y disfrutar de este con tranquilidad.

-Y ese tiempo extra nos salió una buena suma – rezongó el veterano. Si mal no recuerdo, recién zarpamos mañana a las cinco de la tarde. Tendremos casi cuarenta y ocho horas para estar a bordo de esta mole -suspiró resignado.

-Adelante entonces-aludió la joven. Ardo en deseos de conocer el buque. Vamos, Hugo, acompáñame –acotó la muchacha refiriéndose al hombre más joven que parecía ser su novio.

-Queda para la próxima –ironizó este enviando una fría mirada a Gaspar.

-Por la culpa de ese creído perdí el negocio. La joven estaba muy entusiasmada con mi foto, y según leí, tenían tiempo de subir de subir hasta mediodía. En fin, no debo desanimarme por un idiota.

FOTOS, FOTOS-comenzó gritar por el puerto que estaba cada vez más concurrido con el trascurrir de las horas.

Había decidido sentarse a descansar, cuando divisó una especie de billetera tirada casi bajo una mesa abandonada.

-¿Y eso?-exclamó sorprendido.

Disimuladamente, se acercó al objeto, y comprobando que nadie lo observaba lo guardó en un bolsillo de su chaqueta No puedo creerlo-gimió de placer sin poder creer lo que estaba ocurriendo. Un pasaje para el buque y una importante suma de dinero. Daniel Giorgini-dice su documentación. Creo que la providencia lo tiró a mis pies para que pueda viajar a mi Patria-soñaba desconociendo el verdadero destino del barco. Y también tiene entrada privilegiada-aplaudió preparándose para viajar en primera clase...todavía tengo tiempo de compra algo de ropa. ¡No puedo creer este golpe de suerte!-saltó dirigiéndose rápidamente en busca alguna tienda de hombres. Pero ese nombre me resulta conocido, ¿Quién podrá ser?-se preguntó mientras se dirigía en busca del algún negocio abierto.

Gaspar regresó de sus inesperadas compras asombrándose al ver la extensa fila que parecía dirigirse a la entrada del barco.

-Disculpen, ¿esta cola es para subir a buque?-preguntó con educación.

-¿Para qué más sería?-respondió un hombre frunciendo el ceño.

-Lo siento, como dice que embarcaría a las ocho y son casi las once. Imaginé que ya habrían subido casi todos.

-Se demoró-respondió este con franqueza.

- Disculpe la molestia –asintió Gaspar. ¿Ha viajado antes a Montevideo?-preguntó inquieto.

-¿Montevideo? Este barco va a Concepción del Uruguay. Creo que se ha mareado. Jajajajajjjajaaj-carcajeó el hombre.

-¿Dije Montevideo? ¡Los nervios me hicieron confundir! –exclamó Gaspar fingiendo seguir el chiste.

-Entiendo. La ansiedad suele jugarnos malas pasadas. Deje de preocuparse, es un viaje absolutamente seguro.

- Lo sé-afirmó el joven pensando que podría hacer en esa desconocida ciudad. "Pero si el destino puso literalmente ese pasaje a mis pies, es porque debo ir allí -suspiró siguiendo a la extensa cola que había comenzado a moverse.
-Documentos en mano-escuchó a los Oficiales que caminaban ayudando a mantener el orden.
-Se acerca el momento clave. Si me descubren ahora iré preso. Caso contrario, un nuevo rumbo me espera-susurró Gaspar entrecerrando los ojos al observar que casi llegaba a la puerta de entrada del buque.
-Buenos días. Por favor, documentos-anunció con amabilidad el elegante uniformado.
-Aquí tiene -musitó Gaspar conteniendo el suave temblequeo de su mano.
-¿Daniel Giorgini?-preguntó el agotado hombre entornando los ojos como si no lo viera bien.
-Así es-respondió este – presintiendo que una lejana mirada se clavaba sobre su rostro. "estoy paranoico"-resolvió recorriendo con su mirada a las indiferentes personas que no parecían prestarle atención.

-En esta foto parece más viejo-comentó el Oficial interrumpiendo sus pensamientos.

-Es por el corte de pelo, además, el documento se cayó en el agua.

-Adelante. Camarote ocho. Tenga un excelente viaje.-decidió este casi enseguida.

-Gracias –respondió Gaspar resistiendo su aganas de gritar de felicidad. Buscare 'mi camarote" e iré a comer algo. Con lo que me dio Salvador y estos "billetes mágicos" podré vivir varios días en Concepción del Uruguay.

 -Jamás imaginé encontrarme con el mismísimo Daniel Giorgini.

-¿Eh?-acotó Gaspar sobresaltado por la profunda voz que retumbó a su lado.

-Buenos días. Lamento haberlo asustado, ya nos vimos hace un rato-saludó el hombre que se había negado a la foto. Permítame presentarme: Hugo Daniel García.

-Un gusto y disculpe, no lo había reconocido-acotó Gaspar mostrando indiferencia.

-No importa, imagino que tendrá demasiados amigos y clientes en este paseo-sonrió el hombre.

-Así es-asintió Gaspar. Con permiso, debo ir a mi camarote para sacarme la ropa húmeda. Ya tendremos tiempo de conversar-insistió intentando cortar la conversación antes de ser descubierto.

-Perdón, pero cuando escuché que lo nombraban no resistir la tentación de saludarlo.

-Al contario, me encanta que las personas me reconozcan-tosió un nervioso Gaspar.

-Desde que vestí por primera vez sus prendas, me transformé en su más devoto admirador.

-Muchas gracias-titubeó Gaspar rezando para no meter la pata.

-Me pregunto qué hacía alguien tan importante como usted sacando fotos en el puerto, como si fuera un sencillo comerciante.

-Es un hobby, amo sacar fotos. Y no podría hacerlos si la gente me reconociera respondió súbitamente Gaspar. En realidad, ni siquiera cobro.

-Es usted muy inteligente –asintió Hugo. No lo entretengo más, todos debemos acomodarnos.

-Gracias. Nos vemos luego-respondió Gaspar aliviado de que la extraña conversación finalizara.

-Algo más. Estaba pensando si le gustaría almorzar junto a mi familia-agregó Hugo como al pasar.

-Por favor, no quisiera molestar-acotó Gaspar aterrorizado.

-De ninguna manera, sería un honor para nosotros. Otra anécdota para contar cuando regresemos de este maravilloso viaje.

-De acuerdo-afirmó Gaspar condescendiente. Hasta luego.

-Un minuto-exclamó Hugo.

-¿Sí?-se paralizó Gaspar cruzando los dedos.

-No le dije la mesa.

-Tiene razón, ¡este viaje me ha atontado!

-Jjaaj.No se preocupe. Sector A, mesa doce. Trece en punto.

 -De acuerdo, allí estaré-asintió el joven.

-Hasta prontito. ¡Ardo en deseos de contarle a mi gente que almorzará con nosotros! –sonrió Hugo. ¡Mi novia no lo podrá creer!

-Ese tal Hugo parecía burlarse de mí, quizá sabe que soy un impostor. No creo, o me hubiera denunciado. ¡Qué mala pata, justo estaba en la puerta de entrada cuando me pidieron los documentos!-reflexionó ignorando que el hombre se había acercado especialmente al verlo ingresar a primera clase.

Doce y cuarenta y cinco Gaspar se presentó en el comedor sencillamente ataviado, acercándose a la familia que ya estaba instalada.

-Por suerte me dio el tiempo de comprarme ropa algo de ropa, o no hubiera podido venir. Me pregunto si este hombre terminará aquí con su persecución o segura insistiendo con estas malditas invitaciones -reflexionó inventando su mejor sonrisa.

-Buenos días. Es un placer compartir con ustedes el almuerzo.

-El placer es todo nuestro-.Le presentaré a mi familia —respondió Hugo brindando el nombre de cada una de las personas. Mi prometida, la Señorita Selva Acosta y sus padres, Pedro y Martha Fermín de Acosta.

-Señores, reitero: un verdadero gusto estar con ustedes.

-Tome asiento, no pensará almorzar parado- comentó Pedro. Confieso que me sorprende. Usted parece casi un niño, imaginé que el famoso diseñador sería mayor.

-En realidad no soy tan "chico", y por lo que usted menciona, justamente es que yo hago creer a mi clientela que soy "más viejo" ¿Quién confiaría en un Diseñador que parece recién salido del Colegio?-añadió Gaspar esperando ser convincente.

-Tiene razón, usted es un genio. ¿Puedo tutearte? -preguntó Selva arreglándose el peinado cabello.

-Por supuesto, será un honor compartir el paseo con tan bellas damas-comentó Gaspar zalamero.

-Ahora comprendo su magnífica fama, es un verdadero caballero -agregó Martha observándolo intensamente.

-¿Podríamos ir pidiendo? Ya estoy celoso de que nadie me preste atención-comentó Hugo golpeando las palmas para llamar la atención.

-Oh, querido, tú eres el foco de mí atención. Y en cuanto no casemos comprenderás lo que quiero decir-comentó Selva halagada por el comentario de su novio.

-Sueño con ese magnífico día-agregó este.

-*¿Me parece a mí, o noté muy poco entusiasmo en la voz del novio?*-preguntó Gaspar sintiendo nuevamente la intensa mirada del hombre en su rostro.

-Y puedes estar seguro que tus padres más que tú. Finalmente tendrán el dinero para cancelar su suculenta deuda.

-Dinero que saldaré religiosamente con mi actividad de abogado-silabeó Hugo.

-¿Quieren dejar esos temas tan desagradables?-rezongó Selva tomando el brazo de su prometido que había enrojecido como una ciruela colorada.

-Brindo por eso. Y por todos los nietos que vendrán en un futuro no muy lejano, o el sacrifico realizado no habrá servido de nada-asintió Pedro levantando su copa sin dar corte al reclamo de su hija.

-*"Sabía que había algo raro en esa pareja, y esto lo confirma. El pobre infeliz está obligado a casarse con esta harpía...Y por su forma de mirarme cuando piensa que nadie lo ve, sus gustos coinciden con los míos*-asintió elevando su copa al mismo tiempo que enviaba una seductora mirada al futuro cónyuge.

En asuntos de amor, los locos son los que tienen más experiencia. De amor no preguntes nunca a los cuerdos; los cuerdos aman cuerdamente, que es como no haber amado nunca.
Jacinto Benavente

Capítulo II

El almuerzo resultó mejor de lo esperado. Gaspar se amoldó perfectamente a la familia, que luego de algunas preguntas sobre la próxima moda primaveral, comprendió que debía cambiar el tema.

-No me gusta conversar sobre trabajo en momentos tan especiales-comentó el supuesto Diseñador. Necesito distenderme, por eso justamente realicé este viaje.

-Perdone-comentó rápidamente Martha. No quisimos importunarlo.

-Señora, jamás lo haría-asintió robando una amplia sonrisa su anfitriona.

-Son las catorce-agregó Hugo sorpresivamente. El comedor cierra a las quince, y yo tengo que terminar un caso antes de dedicarme a disfrutar intensamente de este paseo. Además, en breve comenzará la visita guiada por el buque. Esa fue la razón por la cual ingresamos un día antes de zarpar.

-Y por la cual pagamos un plus-gruñó Pedro.

-¡No empieces!-gritó Martha dándole un codazo a su esposo.

-Son iguales. Hugo con su trabajo y papa con sus billetes -gruñó Selva

-Querida, soy un hombre ocupado. Y tengo cuentas que pagar-acotó mirando de reojo a su futuro suegro quien sonrió levemente.

-Estas mujeres solo saben gastar –comentó el hombre levantándose para marchar.

-¿Qué tal si nos reunimos nuevamente para tomar el té a las diecisiete? –exclamó Martha inesperadamente.

-Querida, el Señor Giorgini debe tener cosas que hacer-sugirió Pedro.

-Por favor, será solo un rato. Prometo que no lo volveremos malestar en el resto del viaje.

-De acuerdo-asintió Gaspar pensando que nadie lo perturbaría si estaba rodeado por una familia tan influyente. Ahora pagaré la cuenta así me retiro a descansar un rato.

-De ningún modo, eres nuestro invitado-agregó Pedro. Ya nos harás algún descuento en mis trajes-bromeó en voz bien baja.

-Bueno, siendo así….aceptó-asintió Gaspar dando gracias al cielo por la acertada intervención del hombre. *"O me quedaría sin un peso, esta comida fue muy costosa"*

-Señor Giorgini, nos vemos en un rato-sonrió Hugo con picardía. Como yo fui el que lo convidé también me tocará una rebajita en mis próximos modelos.

-¡HUGO!-exclamó Selva enojada.

-Por supuesto, será un placer -susurró Gaspar. Y ahora, me retiro a descansar hasta el té...

-¿No viene al paseo? Por lo que veo, hay un Oficial llamando al pasaje-comentó Selva alborotada.

-Paso-asintió Gaspar. Me gustaría tirarme un rato.

-Hace bien. Sin duda este viaje será muy emocionante-agregó Hugo mirando al improvisado Diseñador disimuladamente.

-*"Sin duda, sabe algo. Quizá conoce personalmente al verdadero Giorgini*-tosió Gaspar.

-Hasta luego, Daniel-saludó Selva interrumpiendo los pensamientos del hombre al mismo tiempo que extendía su delicada mano para que el supuesto Diseñador se la besara.

-Con permiso-se retiró Gaspar. *"No puedo creer que he estado reunido con unas de las familias más destacadas de Buenos Aires. Ayer casi a este ahora, estaba buscando un banco donde dormir"*-suspiró tirándose sobre la cómoda cama sin poder creer sobre la suerte que había tenido. Cinco minutos después, estaba completamente dormido.

El té de la tarde resultó tan interesante como el almuerzo. Selva comentaba emocionada las diferentes historias que había narrado el Capitán hasta que, Pedro se levantó de su silla y golpeó sus palmas pidiendo atención.

-¿Qué tal si vamos a la cubierta para apreciar el atardecer? Ya hemos escuchado demasiado por ahora.

-Excelente –aplaudió Selva tomando la mano de su novio. ¡Vamos, querido! La puesta de sol desde aquí debe ser formidable. Y según escuché, van a tirar fuegos artificiales.

-Las mujeres mandan –asintió Hugo siguiendo a su prometida. Con permiso.

-Disfruten queridos-sonrió Martha. Ya los seguimos.

-Y yo iré a busca mi máquina de fotos. No puedo perderme este maravilloso acontecimiento-sonrió el hombre pensando que era una excelente ocasión para alejarse del grupo.

-Nos vemos luego. Fue un placer disfrutar de su compañía-comentó Martha.

-Gracias-río la mujer.

-Espere un minuto, quisiera hacerle una solicitud -comentó Pedro.

-Con gusto …"*Maldición, pensé que habían abonado la cuenta*"-pensó Gaspar comenzando a transpirar.

-Una tarjetita de su local. Lo visitaremos apenas regresemos a Buenos Aires.

-Déjeme ver si me queda alguna –asintió sacando de su bolsillo la billetera del verdadero Daniel. Mucha gente me reconoció y no pude negarme. Justo me queda una.

-Parece estar cerca del Obelisco-comentó Pedro luego de leer la dirección.

-Así es, a pocas cuadras-asintió sin notar la extraña mirada que le dispensaba el hombre.

-Nos vemos en un rato. "*Suerte me quedaba una, no tengo puta idea de donde está ubicada esa tienda*"-suspiró corriendo a su camarote en busca de su máquina de fotos.

-¿En qué piensas, Pedrito? –pregunto Martha al ver que su esposo no se movía del lugar. Están por comenzar los festejos.

-Ve con los chicos. Te sigo en breve, acabo de ver a un viejo amigo y pasare saludarlo.

-¿Deseas que te acompañe?

-De ningún modo, sé que está muy entusiasmada con esos fuegos. Y a mí, verdaderamente no me llaman la atención.

-Como gustes-asintió Martha dirigiéndose sin titubear hacia la parte externa del barco.

Gaspar estaba buscando el mejor ángulo para sacar fotografías, cuando vio que un sonriente Hugo se detuvo a su lado.

-Esa nueva máquinas son extraordinarias, no comprendo cómo sale la impresión en tan poco tiempo-comentó el hombre.

-Magia – titubeó Gaspar intentando mostrar indiferencia.

-Tal vez puedas explicarme su funcionamiento.

-De acuerdo-asintió este conteniendo su nerviosismo ante las disimuladas miradas que Hugo le enviaba seguramente, pensando que Gaspar no se daba cuenta.

   -Déjame sacar unas fotos y luego te comento todo lo que quieras. *"Si se demora el empleo, las venderé y lograré subsistir algunos días".*

-Me llama la atención como un hombre tan ocupado tiene tiempo para dedicarse a este hobby. Y por cierto, tan joven-exclamó Hugo entrecerrando los ojos.

-Ya lo comenté, me tranquiliza -tosió Gaspar. ¿Y Selva?

-Fue a recostarse. Parece que el ruido de los fuegos le hizo doler la cabeza-asintió Hugo. Ahora que me lo recuerdas pasaré a ver cómo se encuentra. ¿Nos vemos más tarde? Luego me enseñarás los trucos.

-Por supuesto-asintió Gaspar. "Tipo extraño pero agradable, demasiado diría yo. Debo tener cuidado, no puedo mezclarme con un hombre de una posición social tan elevada .Y comprometido, aunque a vece pienso si no me estará galanteando"

Gaspar estaba en el camarote admirando su trabajo, cuando escuchó que alguien golpeaba la puerta.

-¡Dios Mío! Espero no me hayan descubierto- ¿Si?- respondió aclarándose la garganta para aparentar seguridad.

-Soy Hugo. Necesito con urgencia tu ayuda.

-Pasa-aceptó Gaspar sorprendido. ¿Sucede algo especial?

-Sé que es un a atrevimiento de mi parte, pero voy necesitar varios trajes para próximos eventos. Me preguntaba si me podrías tomar las medidas ahora. Te prometo que no comentaré nada.

-Lo haría de mil amores si tuviera mis herramientas de trabajo, pero no traje nada. Se suponía que era un viaje de placer-se justificó Gaspar.

-Comprendo, y perdona. No quise molestarte.

-Me encantaría complacerte-agregó Gaspar acercándose para abrir la puerta.

-Y puedes hacerlo-musitó este besándolo con fuerza sin previo aviso.

-¿Qué haces?-rezongó un anonadado Gaspar.

-No nos engañemos, lo deseabas tanto como yo. Conozco las señales de un hombre interesado.

-Estás por contraer matrimonio-gimió Gaspar sintiéndose vencido.

-Sabemos bien que eso no es importante, la mayoría de nosotros están casados y con hijos.

-Depende de la persona, y yo, prefiero vivir en libertad, no me interesa el qué dirán.

 -Hemos jugado al gato y al ratón por demasiadas horas. Ambos sabemos lo que queríamos desde que nos reencontramos en el barco.

-Por favor, ¡VETE! Es demasiado peligroso…para ambos.

-Tienes razón, esto no debió haber pasado. Te ruego no comentes reaccionó Hugo tomando el pomo de la puerta para irse.

-Mantendré silencio, y debo reconocer que no fue solo tu culpa. He sentido algo por ti…desde que te vi por primera vez-reconoció Gaspar agradeciendo que el hombre hubiera recobrado la razón. *"Si hubiera insistido un poco más podía haber cedido...No tengo mucho que perder"*

-Gracias. Nos vemos luego-asintió Hugo perdiéndose por el pasillo.

-Estoy jodido-susurró Gaspar mirando el mar por la ventanilla de su camarote .Siento algo demasiado intenso e irracional proe este tipo que acabo de conocer. Nunca experimenté esta sensación tan hermosa y dolorosa a la vez, ni siquiera por Salvador .Intentaré mantenerme alejado por el resto del viaje, nada bueno puede resultar de esta atracción, que parece mutua.

El sol comenzaba a caer y Hugo caminaba junto a Selva por la cubierta del barco.

-Papá dijo que tenías una sorpresa para mí, ¿puedes adelantarme de que se trata?- preguntó la joven con curiosidad. ¡HUGO!- exclamó esta sin obtener respuesta.

-Perdón, ¿me hablaste?

-Estás muy distraído desde que comenzamos la caminata. ¿Ocurrió algo en mí ausencia?

-Nada-sonrió apretando la cajita con los anillos de compromiso que tenía en el bolsillo.

-Te decía que papá me comentó que tenías una sorpresa especial-reiteró al joven.

-Es verdad-asintió el hombre intentando inútilmente esbozar una sonrisa. Pero será para la cena.

-Trataré de controlarme hasta entonces-comentó Selva fingiendo conformarse. Quería hacerte un comentario.

-Dime –suspiró Hugo deseando que la mujer lo dejara solo un rato.

-Papá piensa que el tal Daniel es un impostor y que de alguna forma obtuvo su documentación para subir a este crucero.

-Es una acusación muy grave, ¿está seguro de lo que dice?

-No, por eso pidió al Capitán que buscara información sobre Daniel Giorgini.Si las cosas son como parecen, este impostor deberá ir preso.

-¿Cómo lo sospecharon?

-Papa conversó con un amigo que había visto una vez al Diseñador y no lo reconoció. Además, cuando mi padre le pidió la tarjeta pareció no tener idea donde quedaba el taller.

-Explícate mejor-titubeó Hugo que siempre había dudado de la identidad de Gaspar.

 -Papá ya había comenzado a sospechar, y alabó la buena ubicación de la empresa a una cuadra del Obelisco, a lo que el tipo asintió con seguridad. En realidad, la tarjeta señalaba a la Boca como dirección. Ni siquiera la leyó con anterioridad.

-Me resulta una historia increíble. Si es así, ¿dónde está el verdadero Diseñador?

-No sabemos, por eso, hay que esperar-asintió la mujer.

-Quizá cambió de tarjeta, o mudó el taller y casualmente estaba cerca del Obelisco.

-Lo hubiera comentado, pero habrá que esperar. Iré al camarote a arreglarme para la cena. Creo que se servirá a las veintiuna y habrá una orquesta para amenizar la reunión.

-Sí, y también baile-acotó el hombre intentando cambiar el tema.

-Y se develará la sorpresa que mencionó mi padre-rio la joven. ¡O quizá sean varias sorpresas!

-Por supuesto, hoy es el gran día-asintió este sin poder quitarse de su cabeza lo sucedido. "Pero debo reconocer que el tipo siempre me pareció extraño"

-No olvides los anillos –sugirió la joven con picardía.

-Jamás. "Otra deuda con mi futuro suegro"-rezongó clavando sus ojos en el mar.

-Hasta dentro de un rato-susurró Selva besando la mejilla de su prometido.

-Será mejor que te acompañe-agregó.

-No es necesario. Adiós-sonrió entrando al pintoresco salón que conducía a los alojamientos de lujo.

-*No sé quién eres realmente, ni tampoco me interesa. Lo único que tengo claro es que no pude olvidar el sabor de tus besos sobre mi boca*-pensaba Hugo caminando por la concurrida cubierta.

Estaba decidido a entrar para convencer a Pedro de que dejara quieto el asunto sobre Gaspar, cuando divisó al solitario hombre mirando el mar desde una esquina del barco. El cabello rojizo flotaba por la brisa, dándole al joven un aspecto místico y extraordinario.

Sin poder controlarse, Pedro se dirigió al lugar, y arrastrándolo casi contra la pared lo dio vuelta y besó al intruso con pasión contenida.

-¿Otra vez?-lo increpó Gaspar. Creí que todo había sido aclarado.

-Parece que no - advirtió Hugo.

-Lo que realmente "parece" es que deseas terminar preso el resto del viaje -comentó Gaspar.

-Estás equivocado, lo que espero es pasar en la cama contigo las dos noches del paseo. ¡Hace un rato reconociste que te gustaba!

-Aléjate de mí. Soy Daniel Giorgini, el gran Diseñador y no pueda arriesgarme a quedar en ridículo-tartamudeó el joven presintiendo que de nada valía mentir.

-Ni siquiera sabes lo que esa palabra significa -susurró este deteniéndose al ver a varias personas asomándose por la cubierta...

-Ya deja de molestarme o te denunciaré-tosió Gaspar.

-Necesito la verdad, solo así podré ayudarte. Mi futuro suegro sabes que mientes.

-No sé de qué hablas-tartamudeó Gaspar frunciendo el ceño.

-¡Oh, claro que lo sabes!-río Hugo .Si pudieras ver tu rostro en este momento…

-¿Qué tiene mi rostro?-rezongó el joven.

-Es un libro abierto, y puedo ver bien que estás fingiendo.

-De acuerdo, te espero en el subsuelo del barco. Allí nadie podrá encontrarnos y podré contarte toda la verdad.

-Está bien, nos vemos en veinte minutos-acotó Hugo apretándolo contra su pecho. ¡No faltes!

-Allí estaré-susurró Gaspar empujándolo suavemente al observar alguna miradas curiosas sobre ellos.

-Selva está en su camarote descansando, adelántame algo-insistió Hugo buscando excusas para que no se fuera.

-Es demasiado peligroso, pero te resumiré rápidamente lo principal-asintió Gaspar comprendiendo que él tampoco quería alejarse del hombre.

-Comienza de una vez-insistió Hugo…Estoy atento.

-Mi nombre es Gaspar Martín-arrancó finalmente el intruso. Y estás en los cierto, nunca tuve una aguja entre mis manos.

-Tal como presentí-asintió Hugo sacudiendo su cabeza de un lado a otro. Sigue un poco más. Tú audacia ha logrado atraparme –rogó.

Me estás enseñando a amar. Yo no sabía. Amar es no pedir, es dar. Mi alma, vacía.
Gerardo Diego

Capítulo III

-Hui de mi país con un hombre que creía amar. Dejé a mis padres, y él a su esposa y sus dos hijos, para llevarme con él. Al poco tiempo de estar juntos comencé una desquiciada lista de amantes que mi querido Salvador resistió, hasta no poder más. ¡Estoy tan arrepentido!-titubeó mientras el viento secaba las lágrimas que comenzaban a rodar por sus ojos.

-Entonces somos parecidos, y el destino quiso castigarnos uniéndonos en un momento y lugar inadecuados -acotó Hugo.

-Todavía no lo logró. Nos vemos en pocos minutos y terminaré mi historia- insistió Gaspar alejándose de su acompañante. Por favor, separémonos que hemos comenzando a llamar la atención

-Es verdad. Sé que es una locura, pero ciento una especiales atracciones por ti-arriesgó Hugo.

-También coincidimos en eso, pero te arriesgaste demasiado al besarme. Pude no haber sido. ..como tú.

-Me di cuenta quien eras, o más bien como eras desde el principio. Jamás te hubiera besado sin estar seguro. Nos vemos -se despidió el hombre sin lograr dar un paso atrás.

Selva terminó de arreglarse y salió nuevamente a la cubierta en busca de su novio. Quería ingresar al comedor del brazo de su prometido, e incluso permitirle más tarde "cierta libertades" a las cuales siempre se había negado Después de todo, en pocos tiempos más serios maridos y mujer.

-Mis amigas se morirían de envidia cuando les cuente sobre mi próxima boda, especialmente al ver los costosos anillos que hoy intercambiaremos con mi prometido –acotó acariciando su dedo anular izquierdo. Y pronto llevaré el de su abuela en la otra mano. Será mejor que vaya a buscarlo-agregó-arreglándose su cabello desordenado por la brisa marina.

Selva caminaba observando hacia todos lados, cuando finalmente lo divisó apoyado en la borda.

-¡Lo encontré! -.Estaba por pegarle un susto, cuando el hombre se movió balanceado por las aguas, dejando al descubierto a otra persona.

¿Y eso? –susurró deteniéndose a mitad del camino asombrada por el descubrimiento.

-Con permiso-la empujó suavemente una pareja apurada.

-Perdón-señaló distinguiendo el cabello color zanahoria del hombre que conversaba con su futuro esposo. ¿Por qué está con ese tipo?-titubeó horrorizada al ver que Hugo besaba delicadamente los labios del supuesto impostor. Gaspar sonrió y tras acariciar fugazmente la mejilla de su acompañante, entró de prisa al buque. Hugo se arregló el traje, y sin imaginar que Selva había observado toda la escena, esperó unos segundos y fue tras su presa.

-Papá debe enterarse de lo sucedido… ¡Hugo es un pervertido!-sollozó la muchacha sosteniéndose de la baranda.

-¿Se siente bien?-preguntó un señor que pasaba por el lugar.

-Perfectamente, un poco mareada por el movimiento de las olas, pero nada grave. Gracias-agregó marchando en busca de su padre.

Sin titubear, se dirigió hacia el camarote de sus padres y comenzó a golpear varias veces sin recibir respuesta. Estaba por insistir una vez más, cuando escuchó la voz de Pedro flotando por el corredor.

-Hija, ¿qué haces por aquí? Imaginé que estarías preparándote para tu gran noche

-No será posible después de lo que acabo de ver -respondió Selva tirándose en brazos del recién llegado.

-¿A qué te refieres?-tartamudeó el hombre .Pasa, por favor, me estás asustando.

-¿Y mamá?-

- Se quedó en el salón de té con unas conocidas.

-Mejor, así podemos conversar a solas.

-Habla de una vez, querida, aquí nadie no molestará.

 La mujer se acomodó en una de la silla de terciopelo y rompiendo en llanto comenzó a narrar a su padre todo lo que había visto.

-Encontré a Hugo besándose con otra persona. ¡Es un traidor!-gritó apretándose las manos con desesperación.

-Debes haber visto mal, Hugo es un hombre intachable. Te ama, y además sabe que debe casarse contigo si desea que sus padres no se queden en la ruina.

-Sé lo que vi-exclamó la joven. Pero eso no es lo peor.

-¿A qué te refieres?-tartamudeó el hombre levantado una ceja.

-Era el supuesto Diseñador.

-Sigo sin comprender-asintió Pedro. ¿Estás sugiriendo que Hugo estaba con…? Creo que has visto mal.

-Ojalá, pero no.Primero pensé que estaba mirando el mar, pero en cuanto se movió, vi la mata de cabello colorado flotando al viento ¡Lo reconocería en cualquier lado!

-Me cuesta creerlo-tartamudeó Pedro.

-Te lo juro, nunca inventaría algo tan horrible.

-Lo sé, hija. Lo sé. Pero debemos calmarnos para actuar inteligentemente. ¡Seguro ese tipo lo engatusó!

-¿Cómo podría calmarme cuando mi prometido anda con un hombre? Imagina la vergüenza que pasaré si mis amigas llegan a enterarse.

-No pasará. Tengo un plan.

 -¿Cuál es?-suspiro al muchacha secándose la lagrimas

- Tú ve al comedor, y compórtate con normalidad. Deja que yo me encargue de ese tipejo, no comprendo porque Hugo actuó de esa forma, pero seguro lo hipnotizó. Como a todos nosotros.

-Pero papá, ¡me engaña con un hombre!

-Olvida lo que viste-ordenó Pedro sacudiéndola por los hombros intentando tranquilizarla. Arréglate y haz lo que te digo, debes estar rutilante .Hoy es tu noche, y nadie debe amargarte. ¡Apúrate!

-Está bien, te haré caso. Me iré a preparar.

-Esa es la actitud. Algo más, ¿viste para dónde iban?

-El tal Giorgini entró por una pequeña puerta al final del barco, ignoro que hizo Hugo. Ya no podía ver más nada, el llanto tapaba mis ojos.

-Deja todo en mis manos, y no comentes a tu madre nada de lo sucedido. Al menos por ahora.

-Como digas-asintió la joven marchándose a su camarote.

-No faltaba más –gruño Pedro dirigiéndose inmediatamente   a conversar con el Capitán del barco.

-Señor Acosta, lo estaba esperando. Ya me comuniqué con tierra firme, estoy esperando respuesta .Creo que no demorará, y si las cosas son como usted plantea, ese hombre terminará su viaje preso.

-Estoy seguro de que así es-insistió Pedro.

-Capitán, acérquese tiene un mensaje-exclamó un subalterno en ese instante.

-Voy enseguida-respondió el hombre.

Pedro caminaba de un lado a otro de la habitación esperando al Capitán, cuando este apareció triunfalmente sacudiendo un papel.

-Tenía, razón, es un impostor .El Señor Giorgini no pudo viajar porque su madre se descompuso antes de partir. Al llegar a su casa vio que le faltaban los documentos, pero pensó que los había perdido en la carrera. O sea que nuestro Diseñador es además un ladrón.

-"Y un maldito degenerado"-pensó sin decir nada ya que comprometería a su futuro yerno y a toda su familia con este.

-Debo destacar que el Señor Giorgini se mostró muy disgustado por lo sucedido. La empresa ha decidido regalarle el próximo viaje como resarcimiento.

-Muy buena idea ¿Qué piensa hacer con el falso "Diseñador" ahora que sabe la verdad?

- Arrestarlo, y entregarlo a la policía, pero con discreción. No quiero asustar a los demás pasajeros. Y sancionaré con firmeza a quien estaba en la puerta por no controlar bien. Con permiso, mis hombres ya salieron a buscando, debo acompañarlos-se alejó el hombre

-Excelente, luego de que todo este lío termine debo tener una seria conversación con mi yerno. No puede hacer estos papelones a la vista de todos, debe aprender a mantener "escondidos" sus vicios. Que jamás imaginé que tuviera-suspiró Pedro.

Gaspar descendía apurado hacia el sub suelo, cuando fue interceptado por dos oficiales.

-Justito vengo a cruzarme con estos dos uniformados, y lo peor es que me están mirando fijo

-Señor, ¿A dónde va? Aquí solo puede permanecer el personal de tripulación–carraspeó uno de ellos impidiéndole continuar.

-Creo que me perdí-asintió el joven maldiciendo su suerte. Buscaba el baño y de pronto, me encontré con una escalera que desembocó en este lugar.

-No se preocupe, nosotros lo acompañaremos a la cubierta -sonrió el hombre que le había llamado la atención haciendo un gesto a su compañero.

-No es necesario, puede llegar solo.

-Es nuestro deber-insistió el segundo individuo.

"Hugo debe pensar que me arrepentí. Pero sería demasiado peligroso volver atrás"-suspiró siguiendo a los individuos. Pero no vine por aquí-acotó confundido.

-Es más corta la salida hacia cubierta -agregó el mismo hombre.

-Como digan-aceptó Gaspar palideciendo al divisar al Capitán esperando al final del recorrido

-Señor Giorgini, ¿Qué ha sucedido?

-Nada importante .Me extravié-agregó sonriente.

-En eso estamos de acuerdo, nunca debió estar en este viaje. Y díganos, ¿Cuál es su verdadero nombre?

-No entiendo a qué se refiere-murmuró joven.

-Oh, claro que sí. Pero se lo diré con mayor claridad, ¿Cuál es su nombre? Y no nos mienta, o el castigo será peor. Ya ubicamos al verdadero Giorgini y jamás abordó el buque.

-Gaspar Martín-agregó dejando caer los hombros.

-Bien Señor Martín, quedará detenido hasta que termine con otras averiguaciones. Por ahora, tenemos usurpación de identidad y robo.

-No robé nada-exclamó el joven. Encontré los documentos en el suelo y se lo fui a entregar al Oficial que se encontraba en la entrada cuando me hizo pasar. Estaban muy atrasados, y ni siquiera miró la foto. ¡No hice nada, todo se trató de una confusión! Puedo explicar al Señor Giorgini lo sucedido.

-El Señor Giorgini es una persona muy amable, y retirará la denuncia si le devuelve el dinero y los documentos. Y por supuesto, a nosotros el precio pasaje, ¿puede hacerlo?

-Solo los documentos. Me gasté hasta el último peso en ropa y otros accesorios personales.

-Enciérrenlo en el cuarto del fondo, de cualquier forma es un polizón. Y un usurpador de identidad, nunca aclaró su verdadera identidad a la familia Acosta que confió en usted-afirmó el Capitán haciendo un gesto a su hombres para que apresaran a Gaspar.

-Puedo pedir disculpas a los Acosta y trabajar para pagar mi viaje. De lo que guste.

-Debo reconocer que admiro su cinismo. ¡Llévenlo!-exclamó el Capitán

Hugo pensaba como sacarse a su suegro de encima para poder concurrir a la cita con Gaspar.

-*Justo ahora se le antojó conversar. ¡Y no termina nunca!*-pensaba observando el reloj del salón comedor. *Gaspar ya se habrá ido.*

-Mira, el Capitán viene directamente hacia nosotros –sonrió Pedro mirando de reojo a su yerno.

-Vaya a saber que desea -respondió este deseando que quisiera conversar con Pedro en forma privada.

-Señor Acosta, quería comentarle que ya cumplí con mi deber. Y gracias por su colaboración.

-Es un placer, siempre hay que estar al pie de las causas justas.

-Efectivamente. Y con permiso, debo continuar con mis tareas. Disfruten el viaje

-Por supuesto .Y gracias por avisarme.

¿A qué se refería?-preguntó Hugo al ver que el Capitán se encontraba lejos.

-Ya les contaré a todos. Pero te haré un pequeño adelanto: El famoso Señor Giorgini que comió con nosotros era en realidad un timador llamado Gaspar Martín. Robó la documentación del Diseñador y subió al barco como si fuera él. Por suerte, lo descubrí a tiempo.

-¿Estás seguro?-silabeó Hugo.

-Por supuesto, pero vamos a la mesa. Mi hija espera por su prometido Una vez todos sentados, les narraré con lujo de detalles como descubrí al sinvergüenza.

-Adelántate, olvidé algo en mi camarote.

-No te demores, Selva está muy ansiosa por recibir su anillo.

-Justamente, los dejé olvidados en mi escritorio- comentó saliendo apurado en busca del Capitán para ver que podía hacer para liberar a Gaspar.

-"Imagino lo que intentarás, pero no podrás ver al delincuente que has convertido en tu amante.Nadie se burla de mi familia y sale ileso- gruñó el hombre ensayando su mejor sonrisa.

"Temer al amor es temer a la vida, y los que temen a la vida ya están medio muertos"

Bertrand Russell

Capítulo IV

-Oficial, ¿podría decirme donde se encuentran los calabozos?-preguntó Hugo al cruzarse con un integrante de la tripulación.

-¿Calabozos? Imagino que se refiere al cuarto "especial" respondió este estupefacto.

-Lo que sea. El sitio donde está encerrado el Señor…Marín-afirmó sin dejarse intimidar.

-Ah, ya sé a quién se refiere. El tipo que se hizo por el Diseñador Giorgini -río este.

-El mismo, ¿podría llevarme con él?

-Lo lamento. Los pasajeros no pueden acercarse salvo que tengan un vínculo directo con el detenido.

-Me gustará conversar con el Capitán-insistió Hugo.

-No sé si podrá atenderlo, pero lo llevaré con el Oficial de Seguridad que es quien queda a cargo cuando este se encuentra ocupado

-Necesito hablar con la autoridad máxima. Hay un pasajero detenido por error, y quiero sacarlo. Pagaré lo que sea necesario.

-Sígame. Veré si se encuentra disponible - asintió el hombre deseoso de sacarse al molesto pasajero de encima.

-Gracias-asintió Hugo.

-Espere aquí -indicó al llegar a la Cabina del Capitán.

-Muy bien -aceptó Hugo ubicándose pacientemente en la única silla del lugar.

Diez minutos después, el hombre continuaba sentado en el mismo lugar, sin ningún indicio de ser atendido.

-¡Como tarda! Hace como diez minutos que entró–exclamó Hugo mordiéndose los labios.

Pero si espera que me vaya, están equivocados. De aquí no me mueve nadie.

En ese instante, y como si lo hubieran escuchado, se abrió la puerta de la habitación en la cual había ingresado el Oficial, y este le hizo una seña indicándole que se acercara.

-Perdone la demora, pero el Capitán estaba muy atareado. Puede pasar, tiene quince minutos.

-Serán suficientes –exclamó Hugo entrando apenas el Asistente terminó de hablar.

-Buenas tardes. El Oficial comentó que tenía que conversar conmigo acerca del detenido-afirmó el hombre con seriedad.

-Así es. Vengo a sacarlo.

-Creo que usted no comprende .El Señor Martín –como ya sabrá, tal es su verdadero nombre- tuvo conductas contrarias a la normativa de este buque. Y de cualquiera, diría yo. Entre ella, suplantación de identidad y robo. Incluso pagó el viaje con dinero que no le pertenecía. Estoy esperando para saber si cometió más delitos y entregarlo antes de zarpar.

- Dígame cuanto tendría que abonar para una fianza y ya mismo se lo abono.

-En primer lugar, ¿Cuál es su nombre y porque tiene interés en el impostor?-preguntó el Capitán con curiosidad.

-Me llamo Hugo García y es un primo segundo. Tiene problemas mentales y suele hacer estas cosas, nunca debí haberlo descuidado.Prometí a mi tía que me haría cargo si lo dejaba venir.

-¿Tiene algún documento que justifique que usted es el "curador" de este hombre?

-No.Pero como le dije, pagaré lo que haga falta. Y pediré disculpas personalmente al Señor Giorgini.Públicas, si lo considera necesario.

-Por lo que veo, está decidido a liberarlo-susurró el Capitán asombrado.

 -Así es. Dígame el monto.

-No es tan sencillo-dudó este jugando con su lapicera. ¿Usted viaja solo?

-No.Soy el futuro yerno del Señor Pedro Acosta y viajo con la familia. En realidad mi familia política no sabe nada acerca de mi parentesco con el Señor Martín. Le pido reserva.

-Todo esto es muy extraño-susurró el Capitán. ¿Tiene algo que ver con el Coronel Romualdo García?

-Es mi padre -respondió este asombrado. Coronel y abogado de familia

-Lo sé. Estuvimos juntos en la armada. Y también fue mi abogado en un problema gravísimo hace algunos años. Gran profesional y mejor persona.

-Gracias, Capitán-sonrió el joven.

-Y en honor a nuestra vieja amistad voy a confiar en lo que me está diciendo y aceptaré su fianza. En cuanto a la deuda con Giorgini, la tratará directamente con el damnificado.

-Mi padre sabrá de su generosidad.

-Sin embargo, tengo una condición-tosió el Capitán.

-La que diga, Señor.

-Usted se hará cargo del pasajero durante todo el viaje. Cualquier problema que ocurra por su causa será su responsabilidad.

-Lo comprendo y me parece justo.

-Y hablará con el Señor Pedro Acosta sobre todo este embrollo.

-En cuanto llegue a la mesa confesaré lo sucedido.

-Muy bien. Haré traer al Señor Martín mientras usted paga lo acordado. Y recuerde que los estaré observando.

-Sí, Señor. ¡Lo tendré cortito!

 -Oficial, ya escuchó. Traiga al Señor Gaspar Martín. Su primo se hará cargo de este...

 -Como ordene –asintió el aludido respetuosamente.

- Espero que termine bien su viaje. Y no olvide todo lo que conversamos, ahora váyase antes de que me arrepienta.

-. Ha sido muy amable, Capitán-asintió este retirándose.

 -Vigilaremos de cerca al Señor García y a su primo. Hay algo muy extraño en la relación con el prisionero-comentó el Capitán a un subalterno que se encontraba a su lado.

-Como ordene, Señor-respondió el hombre haciendo un gesto respetuoso con la cabeza.

-¡Quién sabe que se traen entre manos estos dos! –susurró el Capitán jugando con su gorra. Pero su padre fue muy amable conmigo cuando lo precisé, le debo una.

-¿Por qué no se comunica con él? Podría aclarar el panorama.

-. Por ahora dejemos así, no me gustaría que se enoje conmigo si molesto a su hijo-suspiró retomando sus tareas. Continuemos con lo nuestro, vamos a recorrer el buque y saludar a los pasajeros.

-Entendido, Señor-saludó el Oficial recobrando su compostura.

Gaspar estaba pensativo en el camastro de la improvisada celda, cuando sintió que el cerrojo se movía.

-Quedas libre, tú primo pagó tu fianza y se hace responsable de ti. ¡Ten cuidado con lo que haces!-ordenó el uniformado.

-¿Mi primo?-titubeó Gaspar. Yo no…

-Querido Gaspar, ¡no escarmientas! Suerte que escuché a Pedro comentar que te habían detenido. Pero la culpa es mía, debí haber confesado sobre nuestro parentesco y tu problemática. ¡Vamos de una vez, te acompañaré hasta tu camarote -gritó Hugo arrastrándolo por el pasillo.

-¿Qué historia es esta? .Pensé que eras tú quien me había denunciado-comentó el joven al comprobar que las autoridades ya no podían escucharlos.

-Ay, querido primo. No digas tonterías. Si hubiera sido yo no estaría aquí para ayudarte.

-Es verdad, pero nunca hubiera imaginado que vinieras a buscarme-agregó Gaspar.

-Yo tampoco. En este poco rato desde que no conocemos, has cometido un error tras otro. Y me temo que yo caeré contigo. En menos de veinticuatro horas violé todas las normas que he respetado durante casi treinta años.

-Lamento que por mi culpa haya sucedido todo esto-susurró Gaspar.

-Yo no.Por primera vez me siento libre y pienso disfrutar este momento como si aquí terminara mi vida.

-¿Y ahora hacia dónde vamos?-preguntó Gaspar. No sé si tengo camarote ahora, ni siquiera en qué lugar se encuentran mis cosas.

-Estás en el mismo lugar. Y si no me equivoco, ese era tu alojamiento-indicó Hugo.

-Es verdad-asintió el joven.

-Bien, nos vemos luego. Cuídate.

-Espera. Tenemos muchas cosas que aclarar.

-Habrá tiempo. Ahora será mejor que descanses.

-Entra…por favor-insistió Gaspar.

-No quiero que te consideres obligado a pagarme lo que hice –susurró con un hilo de voz al sentir la cálida mano del joven recorriendo su mejilla.

-No me hagas rogarte…

-Haremos lo siguiente: iré a cenar con mi familia política que ya deben estar buscándome   .Pero volveré en cuanto mi prometida se acueste, y pasaremos una noche como jamás has vivido.

-¿Lo prometes?-suplicó Gaspar.

-Te juro que nada ni nadie podrá detenerme de llegar a tu lado-asintió Hugo con lujuria.

-Entonces ve rápido, estaré aquí para ti.

-Algo más que debes saber.

-Habla.

- Una vez descendamos del buque olvidaremos que nos conocemos ¿estás de acuerdo?-murmuró Hugo con cautela para no dañar los sentimientos del joven.

-Puedes estar tranquilo .Haré que pidas por un instante contigo-suspiró Gaspar.

--Nos vemos en un rato-acotó Hugo marchándose.

-Espera-gritó el joven.

-Habla-respondió el abogado rezando para que Gaspar no se hubiera arrepentido.

-Cundo regreses, tráeme algo de comer y beber, estoy desesperado de hambre y sed.

 -Así lo haré, pero debes tener claro que eres libre de ir donde quieras, en el pasaje está incluida la comida. Eso sí, te ruego que no te hagas ver demasiado. Especialmente por los Acosta.

-No te preocupes, esperaré aquí tu regreso. Mañana será otro día, y con seguridad, ellos me olvidarán.

-No los conoces, son muy rencorosos .Me voy, antes de que salgan a buscarme.

-Una última pregunta, ¿si no fuiste tú, quién les dijo dónde encontrarme? Fueron directo hacia mí.

 -Sospecho de Pedro, pero no comprendo cómo lo averiguó -comentó Hugo soplando al joven un beso con los dedos.

- Ya no importa Adiós -musitó Gaspar.

-"*Debo tener mucho cuidado. Selva jamás debe sospechar de mi pequeño desliz, o mi matrimonio podría estropearse. Y mis padres quedar en la calle. ¡Nunca me casaría si no fuera por esa maldita deuda*!-susurró dirigiéndose directamente al comedor.

-Al fin llegas-comentó Pedro. Hace una hora que te fuiste, mi pobre hija está muy angustiada. Estuve en tu camarote, recorrí todo el barco por si te había pasado alguna cosa, pero nada. ¿Se puede saber dónde te encontrabas?

-Pido disculpas, me crucé con antiguo compañero de clase y me quedé en su camarote tomando una copa. No quería lo, pero insistió tanto…

-Siéntate, ya estamos cenando. ¡Y otra vez avisa!

-Perdón –masculló contenido la rabia por dejarse dominar. No volverá a ocurrir.

-No soy el que precisa disculpas-acotó señalado a su hija.

-Querida mía, perdóname .Me encontré con un antiguo colega y nos quedamos conversando de nuestras andanzas en tiempo de facultad. Pero te recompensaré con creces mi ausencia.

-Más vale, querido, más vale-asintió afinado la mirada.

-Parece que sospechara lo que ocurre, pero no puede ser…Estoy acobardado, nunca mentí tanto en mi vida. Y lo peor, es que no me arrepiento-susurró Hugo acomodándose su servilleta.

La cena iba terminando, y disimuladamente, Pedro se inclinó hasta casi rozar a su futuro yerno.

-Estamos esperando que pidas la mano de mi hija-masculló en una oreja del hombre.

- Decidí que lo dejaré para mañana por la noche. Me gustaría que fuera el broche de oro de nuestro viaje. Incluso, tenía en mente algo muy especial-sugirió Hugo

-¿Acaso estás bromeando? ¡Selva está a la expectativa!

-Pensaba anunciar mi idea ahora a mismo, pero tú me interrumpiste-exclamó Hugo mostrando una seguridad que no sentía.

-Espero que cumplas tu palabra…no me gustaría ver a tus padres viviendo en un refugio.

- Puedes estar seguro de que a mi tampoco-respondió con firmeza. Atención por favor. Quisiera hacer un comentario a todos los presentes-exclamó golpeando las palmas para que todos los pasajeros prestaran atención.

-Habla, querido-sonrió Selva imaginando que Hugo le pediría matrimonio delante de todos.

-En la noche de hoy, había resuelto pedir la mano de mi querida novia, la Señorita Selva Acosta. Pero cambié de opinión.

-No comprendo-interrumpió la joven avergonzada por la mirada expectante de las personas que estaban en el comedor.

-Déjame terminar. Mientras estaba en mi camarote, pensé que me gustaría que hubiese más público en ese momento tan importante de nuestra vida, porque tú, mi amada prometida, te mereces el mundo-exclamó.

-¿A qué te refieres?-pregunto la joven frunciendo la nariz.

 -Con el permiso del Capitán, me gustaría organizar un festejo especial, y poner el anillo a la Señorita Acosta delante de todos los pasajeros de primera clase, quienes serán nuestros invitados, algo inolvidable, para que nuestro compromiso, no pase desapercibido. Yo me haré cargo de todos los gastos, siempre y cuando tenga la autorización de la máxima autoridad de este prestigioso buque –comentó fijando en el hombre una mirada interrogante. Señor Capitán.

-¡Hermosa sorpresa! Con todo gusto. Haremos una torta especial en honor a los novios-asintió este. Y eso correrá por nuestra cuenta.

-¡BRAVO!-aplaudieron los comensales al unísono.

-Excelente. Y me tomaré un atrevimiento más, ¿querría ser el padrino de nuestro compromiso? ¡Será un honor y un recuerdo inolvidable para nosotros!-arriesgó Hugo.

-El honor será todo mío-sonrió el hombre abiertamente. Mañana, desde las diecinueve y hasta llegar a Concepción celebraremos este distinguido compromiso.

-Que así sea-asintió Hugo levantado su copa hacia lo alto, al observar la satisfecha sonrisa de su suegro.

-Y ahora que siga la cena que muy pronto, comenzará el baile.

-Selva, perdona que no te pregunté, pero quería sorprenderte...Pensé que te gustaría algo...

-Eres maravilloso, querido-lo abrazó la joven. Confieso que al principio me asustaste, pero esto… ¡Con seguridad saldrá en las primeras páginas de todos los periódicos!

-Esa era la idea, que una mujer como tú se luzca por todo Buenos Aires.

-Te amo tanto-lo besó esta emocionada. ¿Y qué tal si bailamos un rato? ¡Nos hemos convertido en el centro de atención!

-Por supuesto, querida, por supuesto-aceptó el hombre. "*No entiendo porque me presté a esta payasada, nada cambiará mi destino. Hoy o mañana es lo mismo, estoy condenado a transcurrir mi vida con esta pesada cadena. En poco rato más fingiré que me duele la cabeza e iré en busca de Gaspar. Tal vez no sea necesario separarnos en Buenos Aires, siempre y cuando acepte mis condiciones*"

-¿En qué piensas querido?-preguntó la joven preocupada por el repentino silencio de su prometido.

-En ti, en mí, en nosotros. Ardo en deseo de casarnos-mintió.

-También yo-gimió la joven apoyando su cabellera sobre un hombro de su prometido.

-¿Me permite robarme por un minuto a su novio?- interrumpió el Capitán dirigiéndose a Selva.

-De mil amores-sonrió esta Y muchas gracias por haber autorizado nuestra fiesta.

-Como comenté, un verdadero gusto-se inclinó galante.

-Diga, Capitán-susurró Pedro en cuanto se encontraron lejos de la familia.

-Quería agradecerle personalmente la reunión y el padrinazgo. Los pasajeros han quedado muy emocionados, no dejan de felicitarme por la sorpresa.

-No faltaba más, usted se portó maravillosamente con el tema de mi primo.

-Y eso quería mencionar-carraspeó el hombre. Me extraña no encontrarlo por aquí, habíamos quedado en que lo vigilaría.

-Tomo su medicación y quedó dormido. Preferí que por ahora, no venga al comedor.

-Muy buena idea. Y no olvide de conversarlo con su suegro. Él fue quien me pidió que lo detuviera.

-Quédese tranquilo, es que no he tenido oportunidad. En un rato se lo comentaré.

-Excelente. Me marcho para que sigan bailando. Señorita Selva, aquí le devuelvo a su prometido-acotó el capitán marchándose a sus quehaceres.

-

Dadme a mi Romeo, y cuando muera lleváoslo y divididlo en pequeñas estrellas. El rostro del cielo se tornará tan bello que el mundo entero se enamorará de la noche y dejará de adorar al estridente sol.

William Shakespeare

Capítulo V

Gaspar observó a la nublada noche y decidió que ya había estado encerrado demasiado tiempo.

-La cena se debe haber demorado. Aprovecharé a estirar las piernas, no creo que nadie me preste atención. Seguro Hugo se encuentra entretenido con su familia política, y los demás pasajeros ni idea quien soy-suspiró mientras se asombraba cautamente al pasillo.

-Creo que será mejor ir descansar –comentaba Selva en ese momento. Mañana será un día muy excitante, a las cinco de la tarde partiremos, y de noche tendremos la gran fiesta. ¡No sé cómo resistiré hasta entonces!-aplaudió la joven.

-Querida, las cosas que más debemos esperar son las que más disfrutamos. Prepárate, ansió a que seas la novia más bella de todo el mundo-sonrió Hugo dichoso de que la joven se hubiera adelantado a su anuncio de irse a descansar

-Trataré. Te lo mereces-sonrió besándolo fugazmente. *"Quizá mis nervios me jugaron una mala pasada y no vi bien lo que sucedió entre Hugo y el impostor. Pero ahora ya está, el estúpido quedó fuera de nuestras vidas, y mi novio volvió a ser el de siempre"*-suspiró dirigiéndose a su dormitorio.

-Voy contigo-afirmó Martha. También estoy muy cansada.

-Te llevo -bromeó Selva estirándole un brazo.

-Me alegra verte tan feliz-afirmó la mujer aceptando el ofrecimiento.

Selva dejó a su madre en el camarote y siguió viaje hacia el suyo.

-Mañana a esta hora seré la mujer más feliz del mundo, finalmente mi compromiso con Hugo será una realidad Y el mundo entero sabrá que nos amamos. Pero ¿qué es eso?-exclamó deteniéndose al ver una cabellara colorada brillando en un rincón de un pasillo Parece ser…pero papá dijo que se encargará del problema-titubeó acercándose sin que el joven lo viera. ¡Es él! ¡No puedo creerlo!-gimió saliendo directamente en busca de su padre. Allí viene, ¡papá! -exclamó al ver a Pedro bajando la escalerilla de entrada.

-Hija, pensé que ya estarías durmiendo -comentó el hombre escondiendo el habano que había prometido a su esposa no volver a probar.

-¡Descansar!-ironizó. ¡Con ese buscón suelto es imposible!

-No comprendo-titubeó el hombre.

-Insististe en que no me preocupara, que sabías como terminar con el desgraciado...Pues allí esta, libre como si tal cosa, disfrutando del viaje.

-¿Te refieres al   …Impostor?

-Exactamente. Casi nos cruzamos cuando lo vi husmeando hacia el salón comedor. ¡Seguro buscaba a Hugo!

-No puede ser. Estaba presente en el momento en el cual el Capitán lo arrestó, seguro huyó en algún descuido. Ve descansar, te prometo que muy pronto estará en el sitio del cual nunca debió salir: Un oscuro calabozo.

-Ya me lo aseguraste una vez. Y aquí sigue-esgrimió la joven golpeando un pie contra el suelo

-Seré más duro, no comprendo que ocurrió. Te dejo, quizá el capitán todavía se encuentre despierto.

-Hasta mañana, pa-asintió la desmotivada chica.

-No puedo creerlo, ¡ese tipo caminando libremente como si tal cosa! Iré ya mismo al camarote del Capitán.

Pedro golpeó la puerta del Capitán decidido a no moverse hasta que este lo atendiera.

-Deberá escucharme. O haré llegar mi denuncia a los altos mandos -rezongó el hombre recostándose a una pared.

-Señor Acosta –exclamó el Capitán llegando desde el final del pasillo. ¿Ocurre algo?

-Pensé que estaría acostado-rumió este confuso.

-Mi tarea termina cuando deja al último pasajero en su tranquilo reposo. Soy como un buen padre de familia.

-Pero este padre no fue demasiado acertado-aprovechó a refutar.

-Pase, por favor. ¿A qué se refiere?

-Al prisionero, prometió entregarlo a la policía antes de zarpar, pero parece ser que mi hija lo vio recorriendo el barco a sus anchas.

-¿Se refiere al Señor Gaspar Marín?-pregunto el Capitán tomando asiento frente a su escritorio.

-Por supuesto, ¿Quién más podría ser?

-Me extraña todavía no se haya enterado. Al rato que usted se marchó, estuvo su futuro yerno a verme y me contó la verdad-carraspeó el hombre nervioso.

-No comprendo-titubeó Pedros frunciendo el ceño.

-Según me dijo, el detenido es un pariente lejano con trastornos mentales, y suele hacer estas cosas. Su madre le pidió que lo trajera al paseo con el fin de distraerlo por unos días. Lo perdió de vista en el puerto, y cuando se reencontraron ya había ocurrido todo esto.

-¿Él le dijo que era un…familiar?

-Así fue. Y prometió contárselo a usted en cuanto tuviera oportunidad. Incluso pagó su fianza.

-Es increíble-gritó Pedro levantándose abruptamente de su silla.

-Pensé que ya lo sabría, por otra parte, no veo que ganaría su yerno mintiendo. Parece tenerle afecto.

-El problema es lo que dirá el Señor Giorgini al enterarse lo ocurrido-fingió Pedro.

-Hablé con este apenas su yerno se retiró y aceptó mis explicaciones, incluso este aprovechó a pedirles disculpas y prometió devolverle el dinero que tenía en su billetera. Como ve, todo terminó bien.

 -Ya lo creo-suspiró Pedro. "Estoy atado de pies y manos, o descubrirán que el futuro marido de mi hija es un...degenerado"

-Eso sí, le agradezco que recuerde al Señor García la promesa que me hizo de cuidar a su primo. Una persona con esa clase de...trastornos debe ser permanentemente vigilada.

-S e lo diré ya mismo, y lo rezongaré porque olvidó aclararme la situación. Gracias, Capitán y perdone mí atrevimiento.

-Por favor, amigo. Fue todo una confusión. Y dígale su hermosa hija que en cualquier momento puede pasar a elegir la decoración de su torta. Es un regalo de la Empresa.

-Así lo haré. Y de nuevo, disculpe-se despidió Pedro marchando directamente en busca de su yerno.

-No es nada. Buen descanso —asintió el hombre abriéndole la puerta

Hugo caminaba hacia el camarote de Gaspar, cuando escuchó la voz de su suegro.

-¿Vas para algún lado?-tosió al verlo.

-A caminar un rato por la cubierta. Con tanta excitación no puedo pegar un ojo-agregó rápidamente. ¿Y tú?

-Necesito hablar contigo un minuto. En privado-silabeó.

-Entiendo, vamos para mi alojamiento.

-Creo que será lo mejor-asintió el hombre.

-Por favor, pasa -suplicó Pedro señalando la puerta del mismo disimulando la preocupación de la presencia del hombre a esa hora.

-Será claro: No sé qué cuento le hiciste al Capitán sobre ese tal ¿Gaspar?, pero mi experiencia me indica que ese hombre podrá ser algo muy íntimo para ti.

-¿Qué estupidez es esa?

 -Sabes bien lo que intento decirte.

-Me estás difamando-rugió Hugo.

-No juegues conmigo. Te he visto observarlo cuando piensas que nadie te mira, y además te mandé investigar en cuanto mi hija nos confesó que te amaba. Por cierto, tengo claro de que no será el primer hombre con el que duermes.

¿Me mandaste que…? ¡Eres un verdadero atrevido!-vociferó Hugo.

-No estás en la posición de hacerme reclamaciones, la dicha de mi hija está en juego, y eso es lo único que me importa. No permitiré que sufra, así que esta noche despídete definitivamente de ese tipo. Imagino que ibas a visitarlo justo en el momento en que nos cruzamos.

-Usted no es mi dueño, haré lo que me plazca -silabeó Hugo temblando de indignación.

-Claro que no soy tu dueño, pero recuerda que tus padres tienen una importante deuda que los dejará en la calle en menos que canta un gallo sin se celebra el matrimonio... Yo puedo solucionarles el inconveniente, pero eso depende exclusivamente de ti.

-Basura-susurró el hombre sintiéndose derrotado.

-Cuando tengas tus propios hijos comprenderás que anda es suficiente para lograr su felicidad. Pero seré generoso, en definitiva, todos los hombres tenemos "nuestros asuntitos" fuera de casa. Puedes seguir viéndote con este u otro tipo. Eso sí, con discreción. Mi hija no debe sufrir por tu causa, o seré implacable, ¿queda claro?

-Si-acotó Hugo apretando los puños.

-No te escuché-insistió Pedro.

-¡SI! –vociferó este.

-Bien, todo resuelto. Nos vemos mañana en el desayuno .Que disfrutes tu noche-sonrió Pedro irónicamente.

-Adiós.

-Confieso que no comprendo ese tipo de relación, siendo las mujeres tan maravillosas. En fin, vaya a saber que placeres ocultos presentan los putos.Pero puedes estar seguro de que no tengo ningún interés en averiguarlo.

-Fuera de una vez-gritó Hugo.

-Ya me voy, mal humorado-sonrió el hombre. No sabes cómo me hubiera gustado que Selva eligiera a otra clase de hombre. Buenas noches-se marchó nostálgico.

-Maldito, me tiene atado de pies y manos. ¡Y lo peor es que no tengo salida!-sollozó. Saldré a mirar las estrellas antes de ver a Gaspar, necesito pensar- resolvió tomando su chaqueta. ¿Qué puedo hacer, por Dios? Si me caso con Selva seré un esclavo de la familia Acosta durante el resto de mi vida, y si no lo hago, mis padres quedarán en la calle. ¡Sería tan fácil terminar con todo!-susurró observando hacia las profundidades marinas. Si tuviera el valor suficiente dejará que me arrastre la corriente.

-No vale la pena, todo tiene solución menos la muerte.

-¿Quién...? –preguntó girándose velozmente. ¡Gaspar! Deberías estar acostado.

-No puedo, estoy esperando a una persona que por algún motivo se demoró. Y por suerte, llegue justo que estaba por cometer una locura.

-Puede que esa persona se encuentre desesperada y no vea otra salida. Tal vez, encontró el amor demasiado tarde.

-Nunca es demasiado tarde para amar-susurró este acariciándole el rostro.

-Pedro sabe de nosotros. Y me tiene atrapado entre la espada y la pared. Si no me caso con su hija, mis padres perderán todo lo que tienen...

-No sé qué aconsejarte –confesó Gaspar.

 -Hay una salida, a Pedro no le importaría que tenga mis aventuras siempre y cuando sea discreto.

¡Qué generoso!-ironizó Gaspar.

-Sé que te dije que esto sería cosa de una noche, pero no puedo sacarte de mi cabeza. Si aceptaras, podríamos seguir juntos en Buenos Aires, yo te visitaría cada vez que tuviera oportunidad.

-No digas una pablar más, no ensucies este maravillo momento-comentó Gaspar. Hoy estamos juntos, nadie conoce el futuro.

-Tienes razón –asintió Hugo mientras observaba el maravilloso reflejo de la luna en los ojos de su casi amante. Mañana es otro día-susurró besando los entreabiertos labios de Gaspar bajo el misterioso cielo estrellado.

-Concretemos lo que teníamos pensado. Vamos-susurró Gaspar tomándolo de la mano.

-Nos verán –enrojeció Hugo soltándose.

-Salvo la tripulación que está concentrada en sus tareas, están todos durmiendo-comentó Gaspar.

-Piénsalo bien, recuerda que mañana voy comprometerme –insistió el hombre.

-No podría olvidarlo, sígueme mi camarote.

-¿Pese a lo poco que puedo ofrecerte igual deseas estar conmigo?-susurró Hugo sintiendo una extraña humedad en sus ojos.

- Aun cuando mi destino fuera la muerte como castigo por amarte lo aceptaría gustoso.

-Nunca escuché palabras tan dulces de un amante. ¡Sin duda eres especial!-susurró acariciando los labios del joven.

-Entonces demuéstramelo -ordenó Gaspar.

-Vamos, ya no puedo esperar.

Gaspar pasó el cerrojo, y ávidamente, beso a su compañero.

-¿Me creerías si te dijera me estoy enamorando de ti?-susurró Gaspar jugando con los botones de la camisa de Hugo.

-Sí, porque me sucede lo mismo-agregó este entremezclando los dedos en la rojiza cabellera del hombre.

-Sé que soy egoísta, pero me encanta escucharlo-musitó arrastrándolo sobre el lecho.

-No sé si después de estar contigo podré seguir adelante con eso del compromiso –lloriqueó Hugo presintiendo el placer que vendría. Ni siquiera sé si podré continuar con mi carrera de abogado, conocerte me hizo replantear toda mi vida.

-Paso a paso, hoy estamos juntos-sonrió Gaspar comenzado a desnudarse.

-Eres tan bello-silabeó Hugo admirando el pálido cuerpo de su enamorado.

-Dices eso porque estás excitado-murmuró Gaspar comprendiendo que realmente se había enamorado.

- *"Lo que creí sentir por Salvador no es nada en comparación a esto. ¡Duele saber que debemos separarnos!-gimió.*

-¿Qué sucede? ¿Acaso te has arrepentido?-preguntó Hugo deteniéndose al ver la incertidumbre en la mirada de Gaspar.

-Nunca, solo que me hubiera gustado encontrarte antes.

-Concéntrate en el hoy, como dijiste, mañana es otro día-comentó Hugo acoplando su piel a la de su amante, mientras el murmullo de las aguas se mezclaba con los suspiros amorosos de la pareja.

"Ni la ausencia ni el tiempo son nada cuando se ama"

Alfred de Musset

Capítulo VI

Selva se puso un camisón de seda celeste y cubriéndose con una bata de terciopelo de igual color resolvió a realizar una visita a su novio.
-Falta una gotita de perfume y estoy lista, a Hugo le encanta el "Lánceme Noir" que suelo utilizar en ocasiones especiales. Y para una mujer, hacer el amor por primera vez es uno de los momentos más trascendentales de nuestra vida -acotó la mujer abriendo la puerta del camarote. Espero no haya nadie paseando por el corredor, me daría fastidio explicar hacia donde voy tan tarde.- sonrió con picardía. Rápidamente, corrió hasta el camarote de Hugo y tocó la puerta con suavidad, esperando el sorprendido rostro de su prometido cuando la viera.

-Hugo, soy yo –abre, por favor-susurró al ver que este no salía. Quizá está dormido -sonrió moviendo el pomo con suavidad. ¿Hugo?- preguntó asombrada de que estuviera abierto. "Debe estar como un tronco"-sonrió acercándose al lecho. Aquí no hay nadie – exclamó encendiendo la luz tras recorrer la cama con la mano. No puede estar en la cubierta a las tres de la mañana, pero por las dudas iré a mirar.

Decidida, recorrió el solitario lugar varias hasta convencerse de que no había nadie.

-No puede ser lo que pienso, debe estar loco. ¡Oficial!-gritó al ver al uniformado hombre recorría los pasillos.

-Señorita, ¿le ocurre algo para estar sola por aquí a esta hora?-preguntó este preocupado.

 -Estoy buscando a mi prometido, el Señor Hugo García. Pensaba que podía haberlo visto.

-Déjeme hacer memoria-titubeó el hombre entrecerrando los ojos. Ya lo recuerdo, estaba conversando con su pariente, ese que se hizo pasar por un diseñador. El Capitán le pidió que lo controlara.

-¿No sabe dónde pueden estar? Necesito decirle algo importante.

-Ni idea, ¿buscó en su camarote?

-Hace un rato, iré de nuevo. Quizá haya llegado más tarde-afirmó sin querer demostrar su disgusto.

-Ahora que recuerdo, los vi entrar juntos al camarote del joven en cuestión, seguro fue para asegurarse de que este se durmiera-afirmó el Oficial sin imaginarse la implicancias de su declaración.

-Debe ser eso. Bien, muchas gracias. Mejor me voy descansar, mañana tendré tiempo de conversar.

-Que descanse, Señorita-sonrío el hombre sin desconfiar. A las órdenes.

-Indudablemente, papá volvió a fracasar y el maldito pervertido sigue suelto... Es hora de cambiar de táctica antes de que arruine mi boda -silabeó la furiosa joven dirigiéndose al camarote de sus padres.

Sin imaginarse lo que estaba sucediendo, Gaspar descansaba aletargado entre los brazos de su amado.

-Ni en mis más extraños sueños hubiera imaginado estar en los brazos del amor de mi vida tan solo a veinticuatros horas de irme de casa. Y mucho menos, en un crucero.

-Ni en mis más extraños sueños hubiera imaginado encontrar al amor de mi vida pocas horas de mi próximo compromiso-repitió Hugo. Siempre imaginé que formaría una familia con Selva, tendría hijos con ella, y seguiría con mi carrera de abogado hasta envejecer. Por supuesto, seguiría con mis citas clandestinas fuera del hogar. Al igual que hacen la mayoría de los hombres.

-Aunque con "mujeres" -respondió Gaspar.

-Estás muy equivocado, me he encontrado con "figuras "muy destacadas de la vida social y política de Buenos Aíres en los bares para hombres que frecuento con asiduidad.

-Dime alguna-exclamó Gaspar abriendo los ojos como platos. Sé guardar un secreto.

-No lo dudo, pero sería demasiado peligroso. Además, prefiero utilizar mi boca en cuestiones más placenteras. -susurró besando con lujuria los labios de sus amnte.

-Tienes razón. Ya me lo revelarás más adelante.

-Me gusta como sonó eso-susurró Hugo ardiendo de deseo.

-¿Qué cosa?

-"Más adelante", eso sugiere que vas a considerar mi propuesta de seguir juntos cuando regresemos a Buenos Aires.

-Todavía no lo he decidido-se agitó Gaspar cediendo ante las atrevidas caricias de su amante.

-Puedo asegurarte que si resuelves a favor de continuar nuestra relación, no te arrepentirás. Serás el único para mí.

-Después de ella-ironizó Gaspar.

-Un mal necesario, ya te expliqué el motivo de mi boda.

-Dejemos ese tema y ocupemos nuestra boca en cosas más placenteras –se burló el joven.

-Gran verdad-asintió Hugo mordiendo delicadamente el labio inferior de su amante.

 Una vez Selva comprobó que su prometido no estaba en su camarote, salió enloquecida en busca de su madre, quien ni corta ni perezosa casi saltó de la cama al escuchar los gritos de su hija llamándola.

-Hija, ¿qué sucede?-preguntó la mujer saliendo del camarote para no despertar a su marido.

-Debes ayudarme, ya que papá no pudo hace nada. ¡Ese maldito tipo ha sorbido los sesos de mi novio, y quien sabe a qué pueden llegar si no lo detenemos!

-Supuse que esa tontería había quedado atrás-rugió la mujer levantando las cejas.

-Se encuentran durmiendo juntos -explicó Selva sin poder contenerse.

-¿Estás segura?-titubeó Martha.

-Recorrí toda la cubierta en busca de Hugo, y un marinero me dijo que lo vio entrar en la habitación de ese...tipo inmundo.

-Quizá salió enseguida y no lo vio.

-¿Entonces dónde está?-preguntó Selva.

¡Regresé a su alojamiento y estaba vacío!

-No lo sé-reconoció Martha.

-¡Si alguien se entera seremos el hazmerreír de toda la ciudad! ¡Mis amigas se burlarán de mí!-gritaba Selva histéricamente.

-No sí yo lo puedo evitar-acotó Martha. A primera hora iré a hablar con ese...individuo. Y te prometo, que ya no volverá a molestarte.

-¿Qué harás?-preguntó la joven esperanzada.

-Enviarlo nuevamente a prisión.

 -Hugo pagó su fianza –afirmó esta con tristeza...

¡Ese estúpido! –susurró interiormente. Ahora descansa y deja todo en mis manos., Buena noche, querida –la besó a la mujer. Yo debo prepararme para la larga conversación que tendré con ese Señor.

-Mamá-suplicó Selva.

-Dime, querida-se detuvo Martha.

-Ten cuidado en no mancillar el honor de Hugo, recuerda que muy pronto será mi esposo.

-Confía en mí, sé lo que hago.

-Gracias, gracias-susurró la joven.

-¿Qué dices? Eres mi amada hija, y no dejaré que nadie se burle de ti. Aunque creo que te mereces algo mejor que ese abogado de pacotilla.

- No hables así. ¡Lo amo con todas mis fuerzas!-gimió Selva.

-Lo sé, lo sé. Ahora vete tranquila o todo el barco despertará por tus gritos -asintió besando a su hija.

Pedro fingía ojear un periódico cuando su esposa regresó a la habitación.

-¿Qué haces despierto?

-Te esperaba .Me levanté para ir al baño y no te vi. Pensé que te había ocurrido algo grave.

-Martha se sintió mal y fui a ver que le pasaba.

-¿Está mejor?

-Si. Solo era un dolor de estómago. El compromiso, el lío con ese impostor la han puesto muy nerviosa. Toda su vida ha sido muy delicada de los nervios, y estos inconvenientes la han puesto muy mal.

-No sabía que tenía problemas nerviosos-titubeó el hombre pensativo.

 -Apaga la luz, querido y trata de dormir. Mañana será un gran día.

-Lo intentaré, pero si vuelves a salir avísame. No sabía qué hacer, casi me matas del corazón.

-Te lo prometo-sonrió la mujer satisfecha por la preocupación de su esposo. *"Debo asegurarme de que mi querido yerno se haya marchado cuando yo llegue. No quisiera enfrentarlo"* – bostezó Selva cerrando los ojos.

Hugo besó a su amante y se vistió rápidamente para ir de inmediato a su camarote.

-Debo llegar antes de que amanezca, será peligroso que alguien me viera salir de este lugar. .Aunque tendría la excusa de que mi primo se desestabilizó y tuve que atenderlo. Pero sería demasiado peligroso y comenzaría a levantar sospechas. El Capitán querría enviar un médico y al final se descubriría que el tema del parentesco es una farsa. Aprovecharé ahora, que no hay moros en la costa-concluyó.

Rato después, Gaspar tocó el vacío costado de la cama y comprendió que su amante se había ido.

-No queda otra. Es un hombre a punto de comprometerse, de ninguna manera deben verlo conmigo. Ahora tengo que pensar que es lo que yo deseo para mi vida. Si vivir en la oscuridad o en la luz-interrumpió sus pensamientos al escuchar que tocaban la puerta. Raro a esta hora, quizá es Hugo que olvidó algo-comentó el joven poniéndose un pantalón para ir a abrir ¡Señora Acosta!-gritó sorprendido.

-Sí, yo. ¿Te encuentras solo?-preguntó Martha.

-Por supuesto-titubeó.

-Pensé que mi yerno podría estar aquí-insinuó Martha.

 -¿Cómo? -palideció Gaspar.

-Ya no finjas, me enteré de todo. Y por ese vergonzoso tema que les compete, y que mi pobre esposo no pudo solucionar, es que necesito hablar contigo con urgencia.

-Adelante -acotó corriéndose a un costado. Usted dirá-agregó retomando la formalidad.

-¿Puedo sentarme?

-Claro, deme un minuto y sacaré la ropa de mi silla.-afirmó sacando velozmente la ropa de la única silla, sin notar el botón que rodaba por el suelo.

"Selva tenía razón, ese botón es de la camisa de Hugo"-pensó Martha sintiendo que su corazón explotaba de indignación. No te molestes, aquí estoy cómoda-asintió sentándose en el borde de la cama. Además seré muy breve.

-Como guste -titubeó el joven.

-Quiero que dejes a mi yerno tranquilo, es un hombre comprometido y nada tiene que hace con un….depravado.

-¿Se refiere a H-hugo?-tartamudeó el joven confundido.

-Sí, ¿quién más? Tengo claro que eres su amante.

-Señora, no es lo que Usted piensa.-exclamó Gaspar palideciendo.

-Por favor, saquémonos la careta. Ayer pasó toda la noche aquí, seguro fue tu forma de agradecerle por sacarte de su prisión. Te ruego que no intentes más nada, o será peor.

-Lo siento, nunca quise que sucediera algo así. No es su culpa, yo…lo amo.

-No me interesan tus sentimientos –explicó levantado la voz. La realidad es que él está como un perro alzado detrás de ti. Y quiero pedirte que termines con esta locura que no conducirá a nada bueno para ninguno de los dos.

-En cuanto lo vea, voy a conversar con él. Puede quedarse tranquila.

-Déjame terminar. Mi pregunta es ¿Cómo lo solucionarás? Selva es su futuro esposa, la que le dará hijos y lo hará feliz. Tú eres el sucio secreto de un hombre confundido que te dejará en cuanto satisfaga su curiosidad. Eso sin contar que sus padres quedarán de patitas en la calle si no se casa con mi Selva.

-No le permito-gritó Gaspar horrorizado de la falta de piedad de esa mujer.

-Cállate por favor, no estás en condiciones de hacer permitir o no. Lo diré solo una vez: Deja a ese hombre tranquilo o los acusaré de sodomía. Hugo nunca más conseguirá trabajo y no tendrá quien le brinde una mano. .Piénsalo –rugió la mujer.

-Retírese de mi habitación.

-"Tu habitación", el lugar que te pagó mi yerno para tener un agujero con el cual divertirse.

-Fuera de aquí-insistió un histérico Gaspar.

-Me voy, no precisa que me lo repitas. ¡Salgo ya mismo de esta cueva inmunda!-exclamó escuchando que golpeaban la puerta. Atiende, yo me correré un poco para que no me vean -susurró sentándose a un costado de la cama sin ver el espejo que reflejaba su rostro. Es el momento ideal para esconder este valioso collar —sonrió ferozmente ubicando a la costosa joya bajo la cama.

-"Espero no sea Hugo o esto se convertirá en un verdadero desastre"-rogó Gaspar tirando del pomo de la puerta.

- Hola, disculpe la hora .Pasaba por aquí y me pareció escuchar gritos, ¿ocurre algo?-preguntó un integrante de la tripulación.

-Nada, tenía un ataque de tos-respondió sin darse cuenta la fugaz mirada con que el hombre recorría la habitación.

-Está bien, cualquier cosa me llama. *"Estoy seguro de que vi en el espejo a una mujer muy parecida a la Señora Acosta. Y se inclinaba hacia el lecho   como si hubiese perdido alguna cosa... No puedo creer que un joven tan atractivo duerma con esa...dama. Salvo que ella muy bien"* .Bien, quedo a las órdenes-afirmó el hombre conteniendo la risa.

-Lo tendré en cuenta. Muchas gracias –agregó Gaspar cerrando la puerta.

-Suerte que no entró o tendría que haber inventado una buena excusa para explicar el motivo de mi visita-acotó la mujer una vez a solas con Gaspar.

-Con su dinero no sería difícil.

-Hay muchas cosas que se pueden arreglar con plata, quédate tranquilo Hugo podría ser una de ellas. Aunque no lo creo, pienso que mi yerno, te hubiera podido ofrecer una vida muy buena si te quedabas a su lado. Lástima que se encuentre arruinado. Buenos días, espero tenga en cuenta en lo que hablamos -sonrió la mujer pensando en que se iba acercando la segunda parte de su plan. Y no lo olvides: Ni una palabra a nadie de esta conversación.

-No se preocupe, este será nuestro "sucio secreto"-silabeó arrastrando la lengua.

-Deberías estar acostumbrado-sonrió Martha retirándose sin prestar atención al hombre que parecía barrer un rincón.

-Por mucho que lo deteste, esta mujer tiene razón. Si me quedo sería la ruina de Hugo, un lastre que solo serviría para perturbar su vida. En cuanto llegue al destino, desapareceré de su lado, pero antes pasaré la próxima noche junto a él como una despedida. Siempre que pueda liberarse de su prometida-resopló disgustado.

¡Seguramente, esta situación ha convertido en una especie de revancha del destino por mi conducta con Salvador! Y por todas las locuras que he hecho en mi vida-sollozó Gaspar sin dejar de sostener la cerrada puerta con su espalda.

-Efectivamente, era la Señora Acosta, la reconocería en cualquier lugar. No ha dejado de regodearse por todo el buque desde que llegó. Seguro le pagó a ese tipo por una noche de placer y justo cuando la vi revisaba la cama para no dejar ninguna prueba. ¡Hay tipos que tiene estómago!-rio el empleado retomando su camino.

Capítulo VII

"Soy lo que has hecho de mí. Toma mis elogios, toma mi culpa, toma todo el éxito, toma el fracaso, en resumen, tómame"
Charles Dickens

-¿Qué revuelves con tanto ahínco, querida?- preguntó Pedro a su esposa.

-No encuentro mi collar de perlas de cultivo. Ya he sacado todo y no está por ningún lado.

-Quizá lo dejaste olvidado en casa.

-Claro que no, me lo probé apenas llegar. Y justo quería usarlo para la fiesta de esta noche.

-Vamos a desayunar y luego te ayudaré a buscarlo.

-Vayan a ustedes, yo no me moveré hasta hallarlo.

-Como gustes-asintió Pedro. Te esperamos en el Restaurant.

-En cuanto lo encuentre me reúno con ustedes.

"Ni imaginas lo que se viene, querido. Lamento haber hecho algo así, pero es por la felicidad de nuestra hija"-susurró deteniéndose un minuto para tomar aire.

Gaspar está todavía dormitando, cuando escuchó el escándalo que se había suscitado en el pasillo del barco.

-¿Que estará sucediendo?-se preguntó ignorando el terrible dolor de cabeza que lo aquejaba. Iré a preguntar-añadió tras vestirse adecuadamente para salir de su camarote.

-Comiencen por tercera clase, algún polizonte puede haberse introducido de alguna manera en la habitación de los Acosta-gritaba el Capitán enfurecido.

-Pero, Señor, hemos controlado todo perfectamente-reclamó un integrante de la tripulación.

-Si es de la misma forma que a la entrada, mejor no hagan nada... Comiencen a trabajar, esto se tiene que resolver lo antes posible. ¡Jamás sufrí tantos percances en mi trayectoria laboral como en estas última horas!

-A la orden -asintió el subalterno.

-Buenas, ¿Qué está ocurriendo?-preguntó Gaspar alertado por el movimiento.

-Una pasajera no encuentra su collar de perlas e insiste en que lo trajo al buque.

-Quizá no recuerda el sitio en que lo guardó-comentó el joven observando la apresurada llegada de Selva y Hugo.

-¿Mi madre? ¡Acabamos de enterarnos lo sucedido y vinimos lo antes posible!-chilló la muchacha sin prestar atención a Gaspar.

-En el camarote acompañado ir un médico. Tiene miedo de infartar por el disgusto que le ocasionó la misteriosa desaparición de su joya.

-Pobre mamá. ¡Adora ese collar! Acompáñame, querido –rogó a su novio que cruzó una enigmática mirada con su amante. Debo acompañarla en este engorroso instante.

-"Mira quien era la pasajera. No sé por qué no me sorprende"-pensó Gaspar entrando para buscar su billetera con la idea de ir a buscar algo para comer. No puedo quedarme hasta mañana encerrado. La hora del desayuno finalizó, pero compraré un jugo y un sandwich.Con eso será suficiente hasta el almuerzo -salió decidido.

-¿A dónde va?-preguntó un uniformado acercándose apenas Gaspar puso un pie fuera del camarote.

-A desayunar –respondió Gaspar.

-Tendrá que esperar, estamos revisando a los pasajeros y sus camarotes. Nadie puede salir hasta finalizar la investigación-comentó el hombre.

-Es inaudito, el ladrón –si es que lo hay-podría tenerlo escondido entre su ropa. Tendrán que controlar uno a uno.

-¿Se niega, Señor?-preguntó el mismo individuo.

-Para nada, fue solo un comentario.

-Entonces le agradezco que no se mueva hasta que controlemos su habitación y equipaje. ¡Este crucero se ha puesto muy complejo! Y todavía no hemos zarpado-exclamó el Oficial exhalando una bocanada de aire

-Ya lo creo-susurró el joven ingresando a su camarote. Leeré un rato, creo que tengo unas galletitas en mi bolsa.

Habían pasado unos pocos minutos, cuando escuchó que golpeaban su puerta.

-Señor, abra la puerta, por favor. Es su turno - gritó un integrante de la tripulación.

-Por supuesto, pase-abrió Gaspar bostezando de aburrimiento.

-Con permiso-indicaron quienes parecían ser dos marineros. Deje sus pertenencias sobre la cama y quédese junto a nosotros, así observa como trabajamos.

-No será necesario, tengo muy poca cosa-asintió acercando su pequeña valija.

Los dos oficiales se hicieron un gesto con la mirada, y casi seguida comenzaron a registrar la maleta.

-Debemos mirar todo muy bien-susurró uno de ellos en voz apenas audible. Este tipo es el que ayer pretendió colarse y hace un rato, se enfureció porque íbamos a comenzar a revisar.

-Tranquilo, mientras tú recorres la habitación yo reviso sus cosas. Y luego, entre los dos su vestimenta personal. Así evitamos problemas.

-De acuerdo. Comencemos.

Los hombres comenzaron su tarea mientras Gaspar permanecía mirando su revista sin inquietarse.

-Aquí está, tal como lo imaginé-gritó el Oficial que lo había acusado. ¡Casi delante de nuestros ojos! No eres muy bueno ocultando cosas. ¿A quién se le ocurre esconderlo debajo de la cama? -sonrió sosteniendo la alhaja entre dos dedos. ¡Espósalo!-ordenó a su compañero.

-Con mucho gusto-asintió este poniéndolo de espaldas sobre una pared.

-No tengo idea de donde salió eso, nunca lo vi en mi vida--tartamudeó Gaspar atónito por el descubrimiento.

-Todos dicen lo mismo-acotó el marinero. ¡Quédate quieto, estas arrestado!

-¿Creen que si hubiera sido el ladrón, hubiera sido tan idiota de esconderlo debajo de la cama? Ustedes acaban de lo, es un sitio muy estúpido.

-Seguramente pensaste que no revisaríamos ese lugar, tan a la vista.

-¡Están equivocados! Llamen al Capitán-gritó Gaspar desesperadamente.

-Aquí estoy, ya fui avisado del hallazgo. Llévenlo al alojamiento "especial", al cual ya estuvo con anterioridad, y devuélvele el collar a la Señora Acosta.

Y avisen los pasajeros que la cena corre por nuestra cuenta para compensarlos por las molestias causadas. ¡Realmente este Crucero es agotador, y ni siquiera hemos partido!-exclamó el Capitán.

-¡Yo no he sido!-gimió Gaspar. O lo hubiera escondido antes de que entraran. Hugo, por favor, no soy un ladrón-gimió al ver a su pálido amante entrando a su camarote.

-Lo siento, Señor García. Pero esta vez no podrá sacarlo. Su delito es demasiado grave, y reincidente.

-Entiendo, pero estoy seguro de que él no fue. Como favor especial le pido que lo mantenga en el barco hasta llegar a destino. Quisiera hacer algunas investigaciones por mi cuenta...

-Me está comprometiendo-comentó el Capitán.

-Insisto, tengo mis dudas. Y soy abogado, no un detective aficionado.

-De acuerdo. Si no obtiene ningún resultado, apenas lleguemos lo entregaremos a la policía.

-¿Lo conoces tanto, querido, como para jugártela así?-preguntó su novia tomándolo en brazo.

-No, pero estoy acostumbrado a tratar con delincuentes de todo tipo. Y un ladrón de joyas es mucho más que un simple ratero, como parece ser Gaspar.

-Vaya, ahora es Gaspar-lo miró la mujer acusadora.

-Incluso se me ocurrió que pudo haber sido una venganza contra su suegro. Él fue quien le sacó la careta y nos puso al tanto de que no era el Señor Girogini.Comprendo el afecto que le tiene al detenido, pero nunca debió dejarlo solo-comentó el Capitán en voz más baja.

-En eso tiene razón –asintió Hugo contrito. Pero reitero, él nunca actuó de esta manera –fingió Hugo.

-Allí estás, criminal. ¡Al fin te devolverán al sitio que corresponde a los que son como tú! -gritó Martha enfrentándose a Gaspar.

-Ahora que comprendo todo, siempre me llamó la atención su inesperada visita. Ahora me doy cuenta que tenía todo planificado-susurró el acusado entrecerrando los ojos.

-¿Usted fue al camarote de este hombre?-preguntó un Oficial que parecía tener un rango importante.

-Solo cruzamos unas palabras en la puerta, le rogué que no molestara a mi familia. ¡Bastante bueno fue mi yerno al sacarlo de su…prisión!

-¿Es cierto eso?-preguntó el Capitán a Gaspar ¿Estuvo esta mujer en su alojamiento?

El joven fue a responder cuando vio la súplica reflejada en los ojos de su amante.

-Digamos que fue un segundo a reprochar mi conducta., pero yo nunca tomé ese collar. Alguna otra persona lo robó y escondió en mi camarote.

-De la misma forma en que usted encontró la documentación de Giorgini, y demás. ¡Llévenselo de una vez! Tengo que seguir trabajando.

-Querida mamá, ya terminó todo -se abrazó Selva. "Estuviste magnífica "-susurró comprobando que ninguna de los presentes podía escucharla.

-De cualquier forma deben estar atentas. Más tarde tendrán que declarar.

-¿Duda de nosotras?-preguntó Martha secándose las lágrimas.

- Es el procedimiento habitual. Además me gustaría averiguar cómo llegó este hombre hasta esa pieza tan valiosa.

-Comprendemos-asintió Selva ensayando su mejor sonrisa. Disculpe a mamá, está muy nerviosa.

-Sí, vamos en busca de tu padre-susurró Martha arreglándose el entreverado cabello...

-Soy inocente-gritó Gaspar sin poder creer lo que estaba sucediendo.

-¿Qué es este escándalo?-preguntó el marinero que había visto lo sucedido realmente en el camarote de Gaspar.

--Buenos días, Camilo... ¿No te enteraste del lío?

-No sé qué te refieres -asintió el aludido.

-El robo a la Señora Acosta. Le llevaron un costoso collar.

-¡Entonces es cierto! Algo oí, pero no le di importancia. Sabes cómo es esta gente - comentó el marinero despectivamente.

-Puede ser, pero sin duda este tipo es un ladrón. Ya tiene antecedentes.

-¿De quién hablas?-preguntó el llamado Camilo parando con atención las orejas.

-El falso Giorgini, encontraron la alhaja en su habitación.

"Eso explica lo que hacía la vieja en el camarote del pobre infeliz. Seguro fue con la idea de esconder su collar allí para acusarlo. Por algún extraño motivo, ella lo odia"

-Te has quedado muy pensativo-comentó su compañero.

-A veces las cosas no son como parecen-asintió su colega rascándose la cabeza.

-Nada importante. Yo me entiendo.

Selva y Martha se hallaban disfrutaban el viento vespertino, sin notar los agudos ojos que las observaban con atención.

-Debo sacar algún provecho de lo que vi-susurró el hombre. Esperaré que la Soñera quede sola, y le pediré algún pesito. Me van a venir muy bien para terminar mi casa-suspiró el hombre haciendo como que controlaba una cuerdas.

Para suerte del operario, no tardó demasiado cuando Selva manifestó su voluntad de irse.

-Bueno, mamá. Ahora sí está todo encaminado. Y eso me recuerda que debo hablar con el Chef sobre la torta. ¡Toda la gente de bien del crucero debe aplaudir mi compromiso con Hugo!- exclamó la muchacha girando sobre sus pies.

-SIP. Esta noche será tu pedida oficial de mano. Y luego la boda-asintió Martha.

-¡Estoy deseando que llegue ese mágico momento! El mar, la luna… ¡parece un cuento de princesas! Y te lo debo a ti.

-Nada me hace más feliz que verte sonreír, ¡ve de una vez a elegir ese pastel

-Hasta dentro de un rato-tarareó la muchacha.

-Corrí peligro, pero valió la pena ¡Al fin nos sacamos a esa peste de encima! –suspiró Martha dejando que el sol bañara su rostro.

-Señora Acosta, ¿Podríamos tener con una corta conversación?-titubeó el uniformado acomodándose al lado de la mujer.

-¿Usted quién es? ¿Cómo se toma el atrevimiento de sentarse a mi lado sin autorización?

-Mi nombre es Camilo Fur, y como le comenté, querría intercambiar unas breves palabras con usted.

-No tenemos nada de qué hablar-se burló Martha.

-Está equivocada. Necesito una pequeña suma de dinero para terminar mi casa. Pensé que usted podría ayudarme.

-Veo que está totalmente loco-añadió Martha levantándose para irse.

-Yo que usted escucharía con atención antes de irme -sugirió el marinero.

-¿Me está amenazando?-rugió Martha.

-Es solo un consejo. Vi cuando tiró el collar bajo la cama del detenido. Pensé que habrá pasado la noche con él, pero al enterarme lo sucedido até cabos y comprendí todo.

-¡Está delirando! –rugió al mujer.

-Cálmese por favor. Podría salir de testigo y usted terminar en la cárcel. Imagine la vergüenza para su familia

-No invente, eso solo ocurrió en su imaginación, además ¿a quién le creerían de los dos?

-Hagamos la prueba. Con permiso, iré a conversar con el Capitán.

- ¡ESPERE! Dígame la suma, no quiero que mi familia pase gratuitamente un mal momento. ¿Cuánto precisa…para su casa?

-Cinco mil dólares. Si, esa suma alcanzará- afirmó el hombre.

-¡Dios Mi! No sé cómo pretende que consiga esa cantidad sin alertar a mi marido.

-Por favor, no soy idiota, es una limosna para usted-carcajeó el marinero.

-De cualquier forma no tengo ese dinero conmigo. Deme un rato para meditar que hacer

-Acepto cheques, lo que sea .Pasaré a saludarla para la fiesta de su hija y me dirá que resolvió.

-¿Cómo sé que no me pedirá otra vez?

-No lo sabe, debe confiar en mí. Nos vemos por la noche.

-Si accedo es con la condición de que nadie se entere de este…estúpido acuerdo.

-Por supuesto, no precisa decírmelo.

-Pase por la puerta de mi camarote a las veintiuna. La fiesta comienza a las veinte, así que pondré una buena excusa e iré hasta mi alojamiento .No quiero que no vean juntos en el compromiso de mi Selva... Allí tendrá lo que me pide.

 -Espero que no intente nada raro o se arrepentirá-amenazó el hombre.

- Ya le dije lo que tengo pensado. No haga que me arrepienta.

-Confiaré en usted -asintió el hombre intentando parecer seguro.

-Nos vemos por la noche, ahora déjeme sola.

-.Hasta entonces-saludó el hombre haciendo una reverencia.

-Salga de mi vista-rugió Martha.

-Sus deseo son órdenes para a mí-volvió a asentir retirándose satisfecho por su suerte.

 -Maldito. Le haré un cheque por esa suma y cuando lleguemos a casa le contaré a Pedro lo sucedido .Seguro, no protestará al saber que fue por el bien de su hija. ¡Qué viaje tan desdichado!-rugió la mujer dirigiéndose al camarote tratando de recordar donde su marido guardaba el dinero.

-¡No puedo creerlo! ¡Al fin podré pasar más tiempo con mi familia! Este será mi último viaje -aplaudió Camilo sin saber que tenía razón, aunque no por las razones que pensaba.

*Las cartas de amor se empiezan sin saber lo
que se va a decir y se terminan
sin saber lo que se ha dicho.*

Jean-Jacques Rousseau

Capítulo VIII

Camilo miró el reloj sintiendo que el miedo y las náuseas comenzaban a *invadirlo*.

-*Recién van a ser las doce. No puedo creer como me atreví a pedirle dinero esa mujer, ¿en qué habré estado pensando? ¡Debí haber denunciado lo sucedido como corresponde a una persona de bien! Pero ahora de nada vale lamentarme, me preguntarán porque no fui enseguida y me encerrarán por extorsión. Ahora solo me queda rogar para que todo salga según lo previsto. Mañana a las ocho habremos llegado, y con el dinero obtenido, podré terminar la casa para mi familia*-sonrió finalmente intentando infundirse ánimo.

-¡No sabes lo feliz que soy!-canturreaba Selva junto a su madre sin imaginar el precio que esta debía pagar por su felicidad. Hoy me comprometeré con Hugo, y casi con seguridad, en poco tiempo fijaremos la boda. ¡Pensé que no llegará nunca!-insistía acomodándose sobre su cuerpo el vestido que usaría esa noche. ¿Hablaste con la peluquera para que venga a peinarme?-preguntó sorpresivamente.

-Sí, ya está todo resuelto-asintió Martha con seriedad.

-Te noto extraña ¿acaso me estás ocultando algo?-preguntó Selva quedándose repentinamente seria.

-Nada –acotó Martha .Es la emoción de ver a mi única hija en un momento tan especial. Hay tantas cosas que pasan por mi mente.

-¿Cómo qué?-preguntó la chica.

-Como si Hugo estará a tu nivel, si sabrá valorarte adecuadamente.

-Por supuesto que sí, seguro has quedado preocupada por todo lo ocurrido con ese tránsfuga que se encuentra preso. Pero haré tan feliz a mi futuro esposo que muy pronto olvidará ese tonto desliz. En realidad quiso darme una explicación sobre lo sucedido, pero yo le rogué que no lo hiciera. Ni imaginas la tranquilidad que lo invadió al escucharme.

-Eres muy lista-agregó Martha.

-Aprendí de la mejor –sonrió comenzando a cepillarse el cabello.

-Me alegra que la situación se haya solucionado-sonrió Martha. Ahora te dejo, quiero dejar lista la ropa que utilizaré esta noche-suspiró Martha besando a su hija.

-"Por más que lo niegue, mamá está rara. Algo le pasa, pero, ¿qué puede ser?"-se preguntó la joven sin imaginar que en ese momento su novio, se encontraba conversando con el Capitán del barco...

-Entonces no hay forma de que mi pariente quede libre.

-Ya lo intentamos y vio lo que sucedió. Lo siento, pero mi respuesta es no.Y le ruego que no regrese a molestarme .Zarpamos a las cinco y tengo que controlar todo muy bien, parece que habrá niebla en la noche. Y usted tiene una novia de la cual ocuparse-manifestó el Capitán señalando la puerta. Así que será mejor que se retire.

-Entiendo, pero cuento con su promesa de que no lo entregará todavía.

-Será tal como acordamos, aunque todavía no comprendo porque le hago caso-manifestó el hombre frunciendo el ceño.

-Porque es una persona justa y sabe que hay algo muy raro en todo esto-sugirió Hugo.

-Tan raro como el interés que usted siente por este joven. ¿Quién es Gaspar para usted, o más bien, qué es? Y no intente con el tema de que es un "querido familiar". Ambos sabemos que no es cierto.

-De acuerdo, usted ha sido muy amable para seguirle mintiendo. Digamos que es un amigo muy querido para mí.

-Ahora me gusta más. Ojala yo tuviera "algún amigo" que me quisiera tanto como usted a ese joven. Váyase de una vez, antes de que cambie de opinión.

-No sé qué decir-susurró Hugo ante la increíble revelación.

- Nada, y si consigue las pruebas que busca, tráigalas de inmediato.

-No lo dude .Y gracias –asintió Pedro chocándose en la puerta con Camilo que venía a conversar con el Jerarca.

-Perdone –dijo el marinero bajando la mirada al suelo.

-En realidad, yo debería disculparme. Estaba distraído -asintió Hugo marchándose de prisa para llegar en hora al almuerzo.

-Buenas, ¿qué lo trae por aquí?-exclamó el Capitán al recién llegado.

-Quería comentarle que ya terminé con todo lo encomendado .El buque está en perfectas condiciones para partir.

-Excelente. Gracias por avisarme-asintió el hombre retomando su tareas. ¿Ocurre algo que no se mueve?

- Me gustaría hacerle un comentario.

-Hable tranquilo.

-Estuve recorriendo el barco, y me pareció que la cantidad de botes de auxilio, y salvavidas es insuficiente. Incluso algunos aprense estar en malas condiciones.

-Controlaré todo en un rato. Vaya tranquilo-asintió el Capitán sentándose nuevamente en su escritorio. ¿Algo más?

-No, Señor. Es todo.

-Tendré en cuenta su opinión.

-Como diga -asintió Camilo retirándose demasiado preocupado por su problema como para seguir discutiendo con su superior.

-Adelante. Y nos vemos luego.

-Sí, Señor-asintió el hombre. *"Él sabrá lo que hace, bastante tengo con lo mío como para resolver temas ajenos"*

Luego de un tenso almuerzo, Martha se encerró en el camarote con el pretexto de descansar un rato, aunque el verdadero propósito era encontrar la chequera y habilitar el dinero a su extorsionador.

-Aquí esta-sonrió tranquila al encontrar una pequeña cajita con algunos billetes junto a los documentos que precisaba. Sabía que no estaría en la caja fuerte, mi querido esposo no confía en esta.

-Querida. Vamos a ver la partida desde la cubierta —exclamó Pedro entrando junto en el momento en que la mujer se disponía a regresar con la familia. Y luego tomaremos la merienda. Hoy el comedor cerrará más temprano ya que quieren dejarlo organizado para la fiesta de nuestra hija

-Ya estaba por ir, quería retocarme un poco el cabello.

-No es necesario, eres una reina —susurró Pedro besándola mientras la mujer escondía los papeles en uno de sus bolsillos.

-Gracias y tú eres adorable-sonrió esta.

-Déjense de tanto romance y vamos a la cubierta. Quiero ver como cae el atardecer sobre la ciudad. ¿Me acompañas, mamá?

-Sí, querida. Con gusto –asintió la mujer. ¿Pero no debes comenzar a arreglarte?

-Serán solo unos pocos minutos. ¡No deseo perdérmelo!

-Parece que yo fuera del asilo-fingió enojarse Pedro.

-Dale, papá. No seas mimoso-sonrió la joven besándolo.

-Adelántense Recordé que tengo algo que hacer. "Debo hablar con mi famoso yerno para que tenga todo salga perfecto"

-¿Demoran?-preguntó el aludido entrando en ese preciso instante.

-¡Hugo! Te llamé con la mente, necesito conversar un minuto contigo. Vayan, chicas, y guárdennos un buen lugar.

-Apuren -acotó Martha disimulando su preocupación.

-Enseguida, Martha-sonrió su marido.

-Soy todo oído, Pedro-exigió Hugo cerrando la puerta del camarote.

-Imagino que tienes los anillos listos -comentó Pedro acercándose a su yerno.

-Ni por un minuto los he sacado del bolsillo de mi chaqueta. Creo que hasta he dormido con ella.

-Bárbaro. Quería confirmar que no habría ningún problema. Sigamos hasta la cubierta junto a las damas, también me gustaría ver la salida del buque.

Dieciocho en punto, Selva se levantó de la silla que ocupaba en el comedor y tarareó alegremente.

-Voy a vestirme En un rato comenzará la fiesta y deseo ser la novia más bella del mundo-sonrió mirando cálidamente su prometido.

-No precisas tantas horas, ya lo eres-acotó el hombre sintiendo que el tiempo se le terminaba y no había conseguido ninguna prueba para liberar al hombre que creía amar. "Confió en su inocencia, pero, ¿cómo probarla?

-Otra vez te veo pensativo-comentó la joven antes de irse.

-Estaba decidiendo en que momento te podría la alianza. Y ya lo decidí.

-Dímelo-ordenó esta.

-De ninguna manera. Es una sorpresa. *"A media noche será un buen momento. Trataré de escabullirme de la reunión un rato, y seguiré interrogando a la tripulación, alguien debe haber visto lo sucedido"*- reflexionó Hugo silenciosamente.

-¡Que emoción!-exclamó la joven esbozando una amplia sonrisa que le llegaba a los ojos.

-También me voy a arreglar. Soy la madre de la novia, no puedo desentonar.

-Excelente-comentó Pedro decidido a aprovechar ese rato.

-Nosotros podríamos aprovechar para beber una copa, por suerte los hombres no precisamos tanto preparación, ¿verdad yerno?-comentó Pedro golpeando la espalda de Hugo.

 -Cierto –asintió maldiciendo en silencio.

"Tiempo perdido".

-Bien, hasta luego-sonrió la joven. Nos vemos en pocas horas.

-Te estaré esperando-asintió el novio.

Tal como habían arreglado previamente, veinte en punto, Hugo aguardaba a su novia parado en el medio del salón. Tenía claro que su suerte estaba echada, y nada podría cambiar su destino.

Arreglándose el fino smoking, tomó una profunda bocanada de aire y se dispuso a recibir su sentencia.

-Allí llega la novia-anunció una de la pasajeras ¡Muchas gracias por habernos invitado a esta maravillosa fiesta, algo verdaderamente inolvidable!-comentó la misma mujer dirigiéndose a Hugo.

-Señora, gracias a ustedes por ser partícipe de este maravillo momento, y hacer tan feliz mi prometida .Con permiso, debo recibir a Selva-sonrió con amabilidad acercándose a la puerta del salón.

- Muchísimas felicidades-aplaudió otro pasajero.

-Hermosa novia – se escuchó en el instante en el cual la novia entraba luciendo un perfecto vestido bordado con de oro y plata que dejaba al descubierto sus delicados hombros. El cabello, adornado con una diadema de iguales características le daba un aire místico e incomparable.

-*Muchos hombres estarían felices de casarse con esta mujer Pero justamente, yo no soy uno de ellos*-sonrió Hugo con melancolía.

-Pedro, camina -tosió su suegro. Mi hija espera.

-Perdón, es que la vi tan bella que quede inmóvil –fingió moviéndose hacia su prometida.

-Te entiendo, es realmente una reina-acotó Pedro con orgullo.

 -Si así estás en el compromiso no puedo imaginar el día de la boda –susurro el hombre besando fugazmente los labios de su novia.

-Digo lo mismo. Eres un príncipe de cuentos de Hadas-asintió la joven al mismo tiempo que avanzaban hacia el centro del salón tomada del brazo de Hugo.

Luego de agradecer los aplausos y deseo de felicidad, el Capitán dedicó un discurso especial honrando la dicha de la pareja.

Apenas terminó sus palabras, una romántica melodía comenzó a flotar por el salón, y los invitados instaron a los novios a que bailaran.

-Buena idea-asintió Pedro llevado a la novia al centro del lugar, seguido por los presentes que los coreaban sin parar.

 Minutos después, varias parejas continuaron el baile, hasta que finalmente el Capitán golpeó las manos anunciando la comida.

-Todos a sus mesas a probar el menú preparado para esta ocasión especial. No se preocupen, tendremos hasta a las siete de la mañana para festejar -bromeó recordando que el viaje finalizaría a las ocho am.

-BRAVO-retumbó en el aire el griterío de los pasajeros.

-*"Me quedan pocas horas para encontrar alguna prueba a, o todo habrá terminado"*-pensó Hugo sin dejar de sonreír a la entusiasta novia.

"El amor es un misterio. Todo en él son fenómenos a cual más inexplicable; todo en él es ilógico, todo en él es vaguedad y absurdo"

Gustavo Adolfo Bécquer

Capítulo IX

Veinte y cuarenta y cinco Martha se dirigió hasta el camarote con la excusa de que precisaba otro abrigo.

-Me ha dado frió.Regreso en seguida-explicó.

-No demores, querida. Anhelo bailar varias piezas contigo para revivir inolvidable noche en que nos conocimos.

-Será cuestión de un minuto-afirmó al mujer besando los nudillos de su marido.

-Aquí estaré, esperándote como siempre- respondió mientras la mujer se mordía los labios por no confesar a su esposo lo que estaba sucediendo.

-*"En todos los años que estuvimos juntos, jamás te mentí. Pero esta vez es diferente; lo hago por protegerlos. Ya hablaremos en casa"*-suspiró pegando la vuelta antes de cambiar de opinión y contar a su esposo la verdad sobre el collar.

Sin detenerse, llegó hasta su camarote, sacando el cheque que tenía escondido entre las hojas de un libro, a la espera de que llegara el extorsionador.

-Le advertiré que si vuelve molestarme buscaré la forma de denunciarlo. Ya estoy arrepentida de haber accedido a su petición -masculló la mujer comprobando que ya habían pasado quince minutos de la hora fijada. Vaya, después de todo quizá se echó atrás-sonrió justo cuando escuchó un suave golpeteo.

-Buenas. Por un momento tuve la estúpida idea de que no vendría -musitó al ver a Camilo parado en la puerta.

-Por favor, soy un hombre de palabra -carraspeó el marinero.

-Pase, no quiero que lo vean entrar. Y espero que estas últimas palabras sean ciertas.-acotó la mujer mirando para todos lados asegurándose de que el pasillo estuviera vacío.

-Puede estar segura.

-Aquí tiene lo acordado. Insisto en que si vuelve a pedirme algo más lo delataré con el Capitán. Yo iré presa por falsa acusación, pero usted me seguirá por chantaje.

-¡Qué feas palabras! Digamos que usted metió preso a un inservible y yo le pedí colaboración para terminar mi casa. Nada más que eso.

-Ahora váyase de una vez, muy pronto vendrán a buscarme. Ya debería haber regresado al comedor, han pasado más veinte minutos desde que vine reunirme con usted.

-Señora, puede estar segura de que no volverá a saber de mí.

 -Más le vale-comentó la mujer.

Veintiuna y treinta, un preocupado Pedro se levantó para ir en busca de su esposa.

-Iré a ver si Martha tuvo algún contratiempo. Me llama la atención no haya regresado, fue a buscar un abrigo y egresaba en seguida. Debe haber ocurrido alguna cosa.-comentó a su yerno.

-Yo iré. Todo este loquero me ha agotado y necesito un poco de aire fresco o caeré desmayado-respondió Hugo sin titubear.

-Está bien, pero no demores. Es tu fiesta.

-Lo tengo bien claro-asintió. *Ya vuelvo. "Me quedan pocas horas para obtener alguna prueba, y demostrar que Gaspar es inocente. O quizá, comprobar que realmente es un farsante y fingió para pasarla bien y poder seguir a su destino sin contratiempos. Pero no parece de ese tipo-* caminaba Hugo ensimismado en sus pensamientos.

-Buena noches-lo saludó una pasajera que parecía venir del tocador. Maravillosa fiesta.

-Gracias, Señora-respondió Hugo con cortesía. Salí a ventilarme, antes de pedir la mano de mi novia públicamente.

-Que dulce. ¡Nunca pensé vivir algo tan hermoso al contratar este viaje!-aplaudió la mujer. ¡Estamos todos expectantes!

-Falta menos-asintió. Le aconsejo que regrese al salón para no perderse ni un detalle-aconsejó deseando sacarse a la mujer de encima.

-Sí, sí. Fui a embellecerme-confesó la pasajera giñando un ojo. ¡Voy para allí!

-¿Más aún?-sugirió el hombre continuando su camino.

-Gentilísimo-aplaudió la invitada siguiendo su camino.

-Creí que no se iría nunca-suspiró Pedro llegando al camarote de su suegra. Pero hay tremendo griterío, como que hubiese varias personas discutiendo. Muy raro, intentaré escuchar- se detuvo poniendo la oreja sobre la puerta.

-Entonces todo claro, nunca nos hemos visto- escuchó gruñir la voz de Martha.

-Por supuesto Aunque hay algo que me gustaría aclarar antes de desaparecer para siempre.

-Hable de una vez, ya le dije que mi ausencia levantará sospechas.

-Yo no soy la clase persona que usted piensa, jamás había realizado una cosa así hasta…ahora. Pero al verla en aquella complicada situación me tenté. Tengo que terminar mi casa y el dinero no me alcanza. Estoy mucho tiempo trabajando lejos de mi familia, con esta suma tan importante podré concluir mi vivienda y quedarme en Entre Ríos, donde resido.

-¿Pero de qué hablan?-titubeó Hugo pegando más su oreja contra la puerta.

-Si piensa conmoverme está muy equivocado. Guarde su dinero y váyase de una vez. NO VUELVA A MOLESTARME. Soy capaz de cualquier cosa por proteger a mi familia.

-Se lo dije varias veces, una vez termine el viaje, desapareceré de su camino.

 -Y espero no cruzármelo en Entre Ríos, ya que nosotros permaneceremos unos días recorriendo el lugar.

-Lo dudo, vivo en una zona muy humilde. La gente como usted no frecuenta esos sitios.

-Váyase por favor, no soporto escucharlo más, ¿Qué es lo que no entiende?

-Está bien. Después de todo a usted no le hace falta esta suma .Tiene mucho más de lo que precisa-afirmó Camilo con rencor.

-¿Cómo te atreves? Fuera de aquí, muerto de hambre-rugió la mujer perdiendo la poca compostura que le quedaba.

Hugo observó que el pestillo parecía moverse y se escondió detrás de una especia de modular en el final del pasillo.

-Maldita vieja –rugió el marinero andando sin distinguir a la figura del hombre. Casi enseguida, la puerta volvió abrirse y Martha salió apresurada con destino hacia el comedor.

-Debe encarar a ese tipo y preguntarle qué es lo que está ocurriendo. Nunca obtendré la verdad de Martha- pensó caminando detrás del hombre, quien concentrado en su botín no notó que estaba siendo seguido.

-A esconder el dinero y continuar con mis tareas como si nada hubiera ocurrido .Mañana a las ocho llegaremos a destino y pediré mi licencia anual, o tal vez renuncie. ¡Ya no precisare trabajar tanto! sonrió el hombre siguiendo apurado hacia su camarote.

-Querida, ¡como demoraste! Estaba preocupado-exclamó Pedro al ver a su esposa.

-Perdona, me tiré un rato. Los años no viene solos.

-Eres un pimpollo de rosa, aunque me preocupa tu palidez.

-Entonces seré una rosa blanca-bromeó. ¿Y la pareja feliz?

-Selva esté recorriendo las mesas agradeciendo los regalos, y Pedro salió a tomar aire. ¡Estaba abochornado de tanto escándalo! Se ofreció a llamarte, pero seguro lo olvidó...Pronto estará con nosotros. Iba a pedirte la próxima pieza, pero no sé si estarás bien como bailar.

-Me encuentro perfectamente .Soy toda tuya- respondió dejando atrás la conversación con el timador. *"Debo dejar atrás a ese tipo"*

Hugo tomó aire preparándose para lo que vendría, y se abalanzó hacia el camarote del marinero.

-Ojalá se encuentre solo. Así será todo más fácil-suspiró tocando varias veces la puerta.

-¿Quién puede ser? Únicamente algún pasajero extraviado, es raro es porque la puerta dice "tripulación". Voy a abrir o vendrá todo el barco a ver qué sucede-se sobresaltó el marinero tras esperar unos minutos para ver si la persona se aburría y se iba. Buenas noc...-palideció al encontrarse con Hugo mirándolo con seriedad.

-No sé si tan buenas, al menos para usted.

-¿A qué se refiere?- preguntó este retomando la compostura.

-Deje de fingir. Lo vi conversando con mi futura suegra, más bien parecían discutir. Necesito saber qué relación tiene con ella, se me ocurre que sería mejor que me dejara entrar. No será conveniente que alguien escuchara lo que vamos a conversar

-Pase un minuto. Y no demore, estoy trabajando-carraspeó camilo fingiendo tranquilidad.

-Eso depende de usted. Comience.

-No tengo nada que aclarar. La Señora Martha me llamó por dificultades propias del viaje, y yo intenté ayudarla.

-Con seguridad su esposo no se encuentra enterado de estos "problemas". O no me hubiera pedido que la fuera a buscar. Iré a preguntarle.

-Espere, tengo una buena explicación. Tome asiento-gritó el hombre tirando a Hugo de un brazo para impedirle que se fuera.

-Trate de ser creíble. Mi suegra es una mujer muy atractiva todavía. Y mi suegro es muy celoso.

-¿Qué? No es lo que supone, creo que hay una confusión- llorisqueó el marinero.

-Convénzame de que estoy equivocado, todavía está a tiempo de evitar una desgracia.

-De acuerdo, después de todo no sé por cuanto tiempo podría soportar este peso. Y espero sepa disculparme-afirmó el hombre sabiendo que no tenía escapatoria.

-Hable de una vez-susurró Pedro acomodándose sobre una silla.

-Su suegra escondió el collar que denunció como extraviado en la habitación del joven detenido…y yo presencié todo el hecho-escupió de una vez cobrando valor.

-No se detenga-gruñó Pedro frunciendo el ceño.

- Aproveché la escabrosa situación para pedirle dinero, y todo marchaba bien, hasta que usted llegó justo cuando me lo estaba dando.

-No puedo creerlo. Martha…-susurró Hugo.

-Esa es toda la verdad. No conozco el motivo por el cual su suegra quiso sacar a es joven del camino. Tampoco me interesa.

-Lógico. Ya tiene bastante peso sobre su conciencia.

-Si usted no hubiese aparecido justo en ese momento…todo habría terminado sin incidentes.

-Con un inocente preso. ¿Qué clase de persona es usted?

-Sería por poco tiempo, aunque ya le dije, no si habría podido sostener esta mentira por demasiado tiempo -musitó Camilo cubriéndose el rostro con las manos.

-¿Mi prometida está enterada?-susurró Hugo rascándose la barbilla.

-No lo creo, me pidió que guardara absoluto silencio.

-Bien, debo irme .Lo espero en mi camarote más tardar dentro de quince minutos, más vale no intente esconderse. Tendrá que repetir todo esto que me dijo delante del capitán.

-No sé si tendré fuerzas.

-Le conviene colaborar, pues ordenare una investigación inmediata. Y si miente…

-¿Qué sucederá conmigo?

-Eso lo decidirán las autoridades del barco Recuerde, quince minutos. -afirmó dirigiéndose directamente al salón comedor.

 Intentando contener su furia saludó a su novia, que sin imaginar lo que sucedería se le acercó sonriente.

-Querido, pensé que te habías asustado por el compromiso y te habías tirado al agua-bromeó la joven

-Necesito realizar una reunión familiar urgente. Sin testigos-respondió este con firmeza.

-¿Qué pasa?-preguntó la mujer arqueando las cejas.

 -Debemos conversar en privado. Por favor.

-No puedo abandonar la fiesta ahora, además en poco tiempo más deberás ponerme los anillos y...

-No te va a gustar que "tus invitados" escuchen lo que voy a decir. Te espero en mi Camarote en...diez minutos. Ya avisé a tus padres y al Capitán.

-¿Y qué explicación daré a toda esta gente que nos acompaña?-insistió Selva conteniendo el llanto.

 -Déjalo en mis manos.

-Más vale que el motivo de esta reunión sea justificado, o nunca te perdonaré-silabeó la novia.

-Escucha y luego juzgarás. Con permiso, debo explicar nuestra momentánea ausencia- sonrió irónicamente ubicándose en el centro del salón.

-Atención, estimados invitados-exclamó Hugo golpeando sus palmas. Con el permiso de ustedes, debemos retirarnos por un rato para sacar algunas fotografías. Capitán, si gusta acompañarnos.

-Por supuesto –asintió el hombre confuso por todo lo que estaba sucediendo.

-¿Puede adelantarme que sucede?-gruñó el hombre al mismo tiempo que sonreía a los pasajeros.

-Será una sorpresa. Especialmente para usted.

-Avisaré a mi Segundo que tome el mando. Voy enseguida.

-Lo esperamos en mi camarote -asintió Hugo.

 -No comprendo que está ocurriendo, ¿Por qué tu novio querría reunirnos ahora, en medio de la fiesta?-acotó Pedro.

-No lo sé-titubeó Selva mirando de reojo a su madre que parecía haber envejecido diez años en pocos minutos.

-Vaya a saber qué locura le dio-susurró está bajando la mirada al suelo.

-Bien, vamos. Cuanto antes terminemos con esta locura será mejor para todos-musitó el hombre enojado. Espero que no tenga nada que ver con el maldito ladrón.

-¡Vaya a ser que idea le ha pasado a este Hugo por la mente!-añadió Martha con un hilo de voz.

-Aquí estamos. Imagino que tendrás una buena razón para esta reunión "tan urgente"-refunfuñó Pedro una vez en el camarote.

-Ya lo creo-asintió Hugo.

-¿Y qué hace este hombre aquí? Creí que era algo privado-tartamudeó al ver al lloroso marinero.

-Así es, pero este marinero tiene algo importante que confesar.

-Por favor, explícanos de una vez -rogó Selva observando a su madre que apretaba sus manos como enloquecidas.

-Aguardemos al Capitán. Así no tengo que repetir lo mismo varias veces.

-Ya estoy aquí. Perdone la demora-exclamó perplejo al observar a su subalterno sentado con el rostro escondido entre las manos. Camilo-murmuró asombrado.

-Bien, ya no falta nadie, así que voy a comenzar. Parece que este hombre fue testigo de una repugnante maniobra. Y en vez de confesar la verdad, prefirió ser partícipe de un chantaje.

-Sigo sin comprender - titubeó el Capitán.

-Habla, Camilo. Confiesa todo lo que viste- ordenó Hugo.

-Encontré a la Señora Acosta poner el collar extraviado bajo la cama del preso. Y luego lo acusó-confesó el hombre.

-Pero... ¿Martha? –titubeó Pedro. ¿Qué barbaridad dice este hombre?

-Seguro es un complot del maldito Hugo para liberar a su amante. ¡Le debe haber dado una buena suma a este infeliz para que mintiera! --gritó la abatida acusada. ¡Nunca haría algo así!

-Esto no puede estar pasando en mi buque- rezongó el Capitán.

-Sabía que diría eso-suspiro Hugo mirando a su futura suegra. Señor Acosta, ¿usted firmó este cheque?-insistió Pedro extendiendo el documento hacia el hombre.

-¿Qué es esto?–palideció el aludido.

-Su firma en un cheque. Nada más y nada menos.

-Martha, por favor. Dime que no es cierto…

-Lo siento mucho, querido Tenía que salvar el matrimonio de tu hija, y el infame de tu yerno parecía hipnotizado pro el timador. ¡Nunca lo vi en ese estado! Tenía claro que Hugo siempre fue un pervertido, pero Selva lo amaba tanto. Todo habría salido a la perfección si este bueno para nada no hubiese llegado cuando no debía- explotó señalando a Hugo.

-Hija, ¿tú sabias algo de esto?

-No-gritó Martha. Ella ignoraba todo.

-¿Quieres callarte, por favor? Tú ya no eres de fiar. Hija, por favor...

-Estaba informada acerca de lo del collar-explicó mirando a su madre con tristeza. Pero no el tema del chantaje.

-No quería preocuparte, querida .A primera hora de la mañana toda habría terminado. Y solo quedaría como un mal recuerdo.

-No sé cómo pensabas explicarme la falta de este dinero, y está mi firma estampada.

-Era por la felicidad de tu hija. Al fin y al cabo, tú lo hiciste encerrar primero.

-Pero nunca mentí. El joven era un impostor-comentó Pedro angustiado. ¡Tú hiciste encerrar a un inocente!

-Bien, creo que deberemos dejar libre al detenido. La Soñera Acosta y su hija deben ser detenidas para dar su versión de lo acontecido. Y tú, Camilo, serás separado del cargo y juzgado.

-Siempre sospeché que había algo raro en todo esto, ¿dejar un collar robado en un sitio tan fácil de descubrir?-susurró Hugo.

-Pediré que avisen que la fiesta terminó-agregó el Capitán sacudiendo la cabeza.

-¡Qué vergüenza! Seré el hazmerreír de toda la sociedad- sollozó Selva.

-Ese será el menor de sus problemas –musitó el Capitán con tristeza. Iré al salón para hablar con los invitados. Y luego a sacar al preso-comentó el Capitán buscando en su bolsillo las llaves de donde este se encontraba.

-Por favor, Capitán, invente un excusa, ¡se lo suplico!-gritó Selva en medio de un ataque histérico.

-Lo intentaré–asintió este apenado.

Salvo el Capitán, todos somos culpables.

Gaspar por mentir, yo por apañarlo, y

ustedes…por aprovecharse de su debilidad –

gritó Hugo señalando a los presentes.

-De nada vale echar culpas. Con permiso, la

gente debe estar estupefacta por nuestra

demora. Son las veintidós y quince-asintió el

aludido.

-Voy con usted. Alguien de la familia debe dar la

cara. Y creo que soy el que se encuentra...con

más fuerza –asintió Hugo limpiándose el

húmedo rostro.

 -De acuerdo-respondió el hombre luego de

unos segundos. Después de todo, fue quien

descubrió todo este lío.

-Señor, ¿Podría venir con nosotros a la cabina

de mando? –preguntó en ese momento un

oficial.

-Tengo que pasar por el comedor y voy

enseguida.

-Es urgente-suplicó el subalterno.

-Vaya, Capitán. Yo explicaré de la mejor forma posible que ya no habrá compromiso-afirmó Hugo sin escuchar los quejidos de Selva.

.No deberá pero…aquí tiene las llaves de la habitación donde estaba detenido Gaspar. .Su pariente estará feliz de verlo-comentó el Capitán haciendo un guiño al hombre.

-Gracias, Señor. Entonces primero lo iré a buscar. Será solo un momento.

-Hugo, querido, te amo. ¡Por favor, no me dejes! Todo lo hice por ti-gimió Selva tirándose a los pies de su ex.

-Lo siento, pero no puedo casarme contigo. Jamás te amé, pero te quería mucho. O por lo menos a la mujer que creí conocer. Además, estaba el tema de mis padres.

-Quienes irán presos si no continuamos con el plan, ya que mi hija está tan loca de querer casarse con alguien que no lo ama. Y que todavía es un pervertido.

-No será solo mis padres los que irán presos-ironizó Hugo.

-En cuanto venga el Capitán solucionaré el tema. No hay nada que unos billetes no arreglen-exclamó Pedro.

-Lo lamento, haga lo que desee, ya no me interesa. Sea como sea, este pervertido tiene un cambio de planes. Buena suerte-sonrió marchándose.

-Piensa en tu familia –vociferó Pedro sin obtener respuesta. ¡Hijo de puta, vuelve!-exclamó haciendo un gesto de dolor.

-Pedro, querido, ¿qué te sucede?-exclamó Martha tratando de sostenerlo.

-Ciento un profundos dolores en el pecho. Y parece que me arrancar el brazo izquierdo -gimió el hombre cayendo arrodillado sobre el suelo.

-Papá-gimió Selva tirándose sobre Pedro, Levántate, mamá colabora -ordenó a su madre que permanecía en un rincón dura como una estatua.

-Debe ser el corazón, ayúdenme a llegar a la cama y luego vayan en busca de un médico. Casi no puedo moverme.

-¿Y usted que mira?-Colabore, por favor -gritó al marinero que tras auxiliar a la joven corrió en busca del doctor del buque.

-Hija, querida. Cuida a tu madre –susurró Pedro cerrando los ojos.

 -¡Papá! Resiste. Ya fueron a traer al médico, en poco rato estarás bien

- Martha, pese a todo, siempre te amé-silabeó como si no hubiera escuchado a su hija.

-También yo, eres el amor de mi vida. Y lamento haberte mentido, pero fue por tu bien. ¡No quería meterte en problemas! –reaccionó la mujer cayendo casi sobre el cuerpo del hombre.

-Mamá-susurró Martha con una voz sepulcral. Nos ha dejado.

-Estás loca, solo duerme .Fueron muchos nervios juntos. Pero en cuanto regrese ese marinero con el doctor lo atenderá y se pondrá bien .Regresaremos a casa y todo volverá a ser como antes, ¿verdad, querido? –rompió en llanto al ver que no obtenía respuesta.

Hugo se dirigía dichoso a liberar a su amante sin imaginar la terrible tragedia acontecida en su breve ausencia.

-Debo apurar arme-sonrió el hombre. Ya encontraré otra solución para mis padres, al fin y al cabo se lo buscaron. ¡Jamás debieron meterse en esas cuentas sin consultarme! ¿Pero qué pasa?-gimió sostenidos de las paredes al sentir un fuerte cimbronazo en el buque.

Acababa de levantarse cuando un griterío infernal comenzó a retumbar por los pasillos, al mismo tiempo que los pasajeros corrían como enloquecidos hacia la puertas de salida.

-¿Pueden decirme que está sucediendo?-comentó deteniendo a una mujer que corría con su llorosa hija.

-El barco se está inundando. Parece ser que chocó contra otro buque, o una roca y se partió. ¡Tenemos que salir de aquí antes de que se hunda!

-Gaspar –pensó volviendo a caer por lo que parecía ser otro golpe. Está encerrado casi en el subsuelo. Debo llegar lo antes posible o morirá ahogado como una rata. ¡Con permiso, con permiso!-gritaba empujando a las desesperadas personas que corrían en sentido contrario buscando una salvación.

-No entorpezca el camino, la salida es hacia el otro lado-vociferó un tipo empujándolo violentamente del camino.

-Tengo que rescatar a una persona muy importante para mí-rugió retomando su ruta.

Gaspar estaba dormido en el momento en que había acontecido el primer golpe.

-Parece que el buque hubiera chocado. Pero no logro ver nada-bostezó parándose en la cama para intentar mirar por la pequeña ventanilla. ¿Es eso agua?-exclamó bajando del camastro. ¡El buque se inunda, por favor ayuda!-gritó desesperado comenzando a pegar puñetazos a la puerta.

Pedro empujaba la marea humana como desenfrenado rezando para no llegar demasiado tarde.

.-Déjenme pasar-gritaba a viva voz. ¡Salgan del camino!

-Regrese o moriría ahogado-advirtió un tipo.

Sin responder, Hugo encontró las escaleras hacia el depósito del barco, y prácticamente, bajó los escalones de un solo un salto.

-¡GASPAR! –gritó. Carajo, el agua casi me llega a las rodillas.

 -Aquí estoy, ayúdame-escuchó casi enseguida.

-Voy en camino, no dejes de hablar, tu voz me guiará -suspiró sin detenerse. ¡Ya estoy muy cerca!

-Gracias a Dios. ¿Pero cómo me sacarás?- sollozó al encontrase cara a cara con su amante.

-Tengo la llave, pero no preguntes, es una historia muy larga y casi no hay tiempo si pretendemos salir vivos. -susurró tratando de contener el temblor de su mano para encajar la cerradura. ¡Lo logré!-exclamó sintiendo los brazos de Gaspar enroscados en su cuerpo.

 Respondiendo al gesto lo besó con pasión, hasta que recordó que los minutos corrían inexorablemente llevándolos hacia el fin.

-Vamos, debemos llegar hasta la superficie y buscar un bote antes de que sea demasiado tarde-afirmó tomándolo del mano para comenzar a escalar por las escaleras.

-No puede estar pasando-susurró Gaspar observando como el agua iba aumentando velozmente.

Martha gemía abrazada su esposo cuando sintió que alguien le tiraba de un hombro.

-Salgamos de aquí. Ya no puede ayudarlo-rogó Camilo. Lamentablemente, el médico había huido cuando llegue a servicio médico.

-¿Qué está diciendo? ¡No abandonaré a mi marido!

- Él querría que usted y su hija vivieran. Por favor, síganme.

-Vamos, mamá. El oficial tiene razón-rogó Selva intentando moverla.

-Lo siento, no lo dejaré.

-Te lo suplico-sollozó la joven.

-Ve y sálvate tú. Nosotros seguiremos juntos, como desde hace tanto Todo lo ocurrido fue mi culpa.

-Y mía, pero evitaré que su familia muera-exclamó el marinero pegándole una bofetada que dejó a Martha casi desmayada. Será una forma de pagar algo de mi terrible conducta.

-¿Qué hace?-vociferó Selva.

-Le salvo la vida-respondió cargando a la mujer sobre un hombro, vamos de una vez.

-Tal vez sea mejor quedarnos aquí los tres-gimió Selva abrazando a su padre...

-No creo que desde el sitio en que se encuentre apruebe su decisión. Por favor, le ruego que me siga-suplicó el hombre haciendo un esfuerzo por no caerse ante los nuevas sacudidas del barco. Conozco un lugar que nos llevará directamente a cubierta.

-De acuerdo-acotó la muchacha tras otro instante de duda Adiós, papá Te quiero mucho, ni siquiera sé si poder sobrevivir sin ti -sollozó cubriendo el cuerpo con una manta como si pudiera protegerlo de los avatares que se acercaban a ritmo agigantado.

-Por aquí. Sígueme –sonrió Camilo apurando el paso. Pronto estarán a salvo.

Me estás enseñando a amar, yo no sabía. Amar
es no pedir, es dar. Mi alma,
vacía."

Gerardo Diego

Capítulo X

La oscura noche cubría el buque aumentando la macabra apariencia que le otorgaba el siniestro. El escándalo de las personas pidiendo auxilio, se unía con el murmullo del agua arrastrando al barco hacia las profundidades marinas, dando lugar a un paisaje verdaderamente aterrador. Los gritos de los pasajeros se escuchaban por doquier, algunos de ellos todavía todavía adormilados, corrían por los pasillos sin comprender claramente lo que había sucedido.
-¡Auxilio, por favor, no deseo morir!-gritaban las desesperadas personas, mientras buscaban a sus familiares desaparecidos.
-Ya casi llegamos hasta el bote salvavidas guardado como reserva, creo que es hora de ponerlo en uso-comentó el marinero a Selva tratando de infundirle confianza "Si es que todavía está en el mismo lugar"

-Dios mío, esto es pavoroso-sollozó la muchacha sosteniéndose de una pared.

-No se detenga, los minutos corren y el barco no demorará en ir totalmente a pique.

-Se me terminan las fuerzas -gimió contemplando a los cuerpos caídos a su alrededor.

-Resista .Carajo, ¡se lo han llevado!-exclamó el hombre deteniéndose al observar vacía la enorme funda que solía cubrirlo.

-Camilo-exclamó en ese momento otro integrante de la tripulación.

-Rodrigo, me alegra encontrarte. ¿Dónde está el bote de reserva?

-Llegas tarde, hace unos minutos lo bajamos. Parece que ni estos ni los salvadas han sido suficientes para todos los pasajeros. ¡Es una locura!-gimió el recién llegado. De cualquier forma, apúrate, creo que había lugar para tres más.

-Dos. Yo me quedo aquí. Debo colaborar con esta tragedia.

-No. Tú tienes familia que te necesita. Debes irte.

-Comprenderán-susurró. Nunca los dejaría solos en un caso como este-sonrió Camilo a su colega.

-¿Estás seguro de tu decisión? Difícilmente nos salvaremos.

- Nunca estuve tan seguro de algo en mi vida. Déjame poner a salvo a estas personas y continuaremos con nuestra tarea de salvataje.

-Gracias entonces. Quizá llegue ayuda antes de lo que imaginamos y esto se transforme en una insólita anécdota que contaremos a nuestros nietos. Además el carguero con el cual chocamos está intentando ayudar.

-Ni siquiera tenía bien claro lo sucedido.

-Así fui. Colisionamos con el carguero estadounidense Mormacsurf.

-¿Y el Capitán?-preguntó Camilo sin hacer comentarios al respecto.

-Lo he buscado por todos lados y no aparece. Pero luego conversaremos, debes poner a esa mujeres a salvo así continuamos nuestra tarea.

-Tienes razón. Ya tendrás tiempo de aclararme lo ocurrido-suspiró siguiendo su camino.

.El bote salvavidas estaba casi completo cuando Camilo llegó con su delicada carga.

-No cabe más nadie-gritó un hombre .Ya nos íbamos.

-Todavía tiene lugar, son solo dos delgadas mujeres. ¡Córrase!-ordenó Camilo sin inmutarse.

-Nos hundiremos sin remedio, y la culpa será sobre ustedes. ¡No tomaron los recaudos necesarios por si ocurría un siniestro! En cuanto llegue a Buenos Aires, demandaré a la empresa-vociferó el mismo hombre.

-Por ahora, su única preocupación debe ser llegar vivo a tierra firma-exclamó Camilo haciendo un hueco para ubicar a las dos mujeres. Pueden irse-ordenó el hombre despidiéndose de Martha.

-¿Usted no va?-preguntó Selva.

-Tengo trabajo que hacer .Buena suerte-respondió marchándose con su colega que lo estaba esperando un poco más atrás.

-Hija, ¿dónde estamos?-tartamudeó Martha abriendo los ojos.

-A salvo, mamá. Continua durmiendo-susurró Selva pasándole con suavidad la mano por el cabello.

-¿Y tú padre?-preguntó la mujer mirando para todos lados.

 -Tuvimos que dejarlo, de nada valía traerlo con nosotros.

-No comprendo, había quedado dormido, ¿crees que demorará en venir?-insistió la mujer.

-Recuéstate mientras lo aguardamos -admitió Selva comprendiendo que su madre parecía haber olvidado lo sucedido con Pedro.

"Parece que perdió la razón. Rogaré para que sea algo momentáneo producto de esta tragedia"-pensó apoyando su cabeza sobre la de la intranquila mujer.

El barco parecía hundirse tan rápidamente como Hugo arrastraba a Gaspar por la cubierta buscando despegadamente un medio para salvarse.

-Se encuentran todos los botes llenos. Y tampoco quedan salvavidas a la vista-comentó el abogado deteniéndose.

-Déjame decirte algo- se detuvo Gaspar tomando el rostro de Hugo entre sus manos .Por si no llegamos a...salir de esta con vida me gustaría que supieras que me enamoré de ti apenas verte. Creo que desde el mismo momento en que te negaste a sacar la foto. Sé qué hace unas horas que no conocemos pero… aprendí a reconocer el verdadero amor apenas verlo. Y tú eres el mío.

-Gracias por hacérmelo saber. Y también te amo. Te confesaré un secreto: de todas formas había decidido dejar a Selva porque comprendí que, sin ti, la vida no valía la pena.-susurró besando a las profundas estrellas en que se habían convertido los ojos de su amante. No sé qué ocurriría con nosotros, pero… estaba decidido a intentarlo. Me alegra que lo hayas mencionado.

Gaspar se limpió las gotas de agua marina que caían desde su cabello y sin pensar besó los salados labios de su amado, quien sin dudar, respondió a la caricia.

-Salgan del camino, asquerosos-gritón un tipo empujándolos. ¡Ni aun en momentos como este puede olvidar su depravación!

-Pobres tontos. No comprenden que nosotros ya nos salvamos-susurró Gaspar apretando la mano de su compañero.

-Sigamos nuestra búsqueda. Escuché que no estamos lejos de la costa, muy pronto llegará auxilio-sonrió Hugo intentando mostrarse animoso.

Estaban recorriendo la cubierta una vez más, cuando una voz retumbó sobre los gritos ensordecedores de las desesperadas personas.

-Hugo, aquí queda un lugar. Apúrate que ya no vamos.

-¿Está loca?-exclamó una mujer .Nos hundiremos.

-Cállese idiota-ordenó Selva dándole un codazo. ¡No sea egoísta! Queda un espacio a mi lado.

-Vamos, querido-comentó Hugo a su amante.

-Me parece que se refieren solo a ti-sugirió Gaspar divisando lo repleto que se encontraba el bote.

-No iré sin ti-agregó con seguridad el abogado.

-¡Apúrate!-repitió Selva. Ya nos vamos.

-Tendremos que saltar-comentó Hugo observando que el bote estaba casi a ras del agua.

-Oh, no-exclamó a la mujer con firmeza. Entendiste mal, solo queda un sitio. Tendrás que dejar a tu amigo, tal vez consiga lugar por otro lado.

-No es mi amigo Es el hombre del cual estoy enamorado-confesó Hugo con una voz tan fuerte que hizo callar a todos los que estaban en el bote. Iremos juntos o no va ninguno.

-¡Señorita, siéntese o se quedará con ellos!-exclamó el energúmeno que parecía organizar al grupo. El hombre tiene otras prioridades-se burló.

-Entonces...adiós, querido. Mucha suerte. -decidió la mujer limpiándose las lágrimas.

-Hugo, haz lo que te pide, sálvate tú por lo menos. En algún momento, en otra vida, nos volveremos a encontrar para terminar nuestra historia.

-Prefiero continuarla en esta -sonrió besando los nudillos de su amante. Intentaré arrancar alguna madera, con eso nos mantendremos a flote hasta que alguien llegue auxiliarnos

-Las luces se están apagando, ¡tengo miedo – sollozó Gaspar cediendo por primera vez al pánico.

-Estás conmigo ¿recuerdas? No dejaré que nada te ocurra.

-¿Lo prometes?-preguntó Gaspar mientras golpeaba sus dientes sin parar por el frio que lo invadía.

 -Así es, nunca te dejé solo, ¿verdad?

-Es cierto-asintió Gaspar más tranquilo.

-Bien, y mira, creo que no todo está perdido- afirmó Hugo observando un barco que comenzaba a descender. Parece medio vació.

-¿Hay lugar? -gritó esperanzado.

- Podrá venir uno solo -comentó una mujer con pena.

-Excelente. Salta, querido, no podemos desaprovechar esta oportunidad.

-Te has vuelto loco si crees que te dejaré aquí. Tú te quedaste por mí. Somos los dos o ninguno, ¿recuerdas?-gimió apretando la mano de su amante.

-Por favor, obedece. Yo buscará a Selva y me iré con ella. Nos encontraremos en tierra firme.

-Lo siento, pero mi respuesta es no.

-Está bien –asintió Hugo levantando los hombros, no me gusta lo que voy a hacer pero…no me dejas otra opción-exclamo empujándolo sobre el barco.

--Eres un idiota si crees que te dejaré-grito Gaspar parándose en la barca listo para regresar con su amado.

-Sosténgalo, por favor. Cariño, nos vemos en Buenos Aires.

-¡Suéltenme!-vocifero el joven luchando con los brazos que intentaban atraparlo.

-¡Nos vemos pronto!-gimió Hugo despareciendo por lo que iba quedando del buque.

-¡HUGO!-escuchó los chillidos mientras distinguía a lo lejos el barco en que se alejaba Selva.

-No me ven, pero tal vez, todavía tengo la pequeña linterna que suelo llevar en un bolsillo por si me olvido las llaves .Estos focos no demorarán mucho en apagarse. Aquí está, ¡prende maldita!-gimió comprendiendo que le quedaban pocos minutos antes de que la oscuridad absoluta invadiera al barco. Parándose casi contra el agua, levantó las manos al cielo, rezando para que lo divisaran, y especialmente, para que regresaran a buscarlo.

-Distingo a un hombre pidiendo auxilio. Y tiene una pequeña linterna porque cree que no lo vemos-exclamó un pasajero.

-Hay muchas personas clamando por ayuda, no podemos traerlos a todos-gruñó una mujer de mediana edad.

-¡Es Hugo!-gritó Selva entrecerrando los ojos. Debemos volver.

-Estás loca .En pocos segundos no quedará nada de esa maldita embarcación. Vuelva a sentarse o la tiraré al agua. ¡Mira a tu alrededor, escucha los gritos!- vociferó el tipo empujando con remo a una mujer que intentaba subir al bote.

-Hija, parece que llega tu padre. Dile a la sirvienta que sirve él te. Sabes que no le gusta esperar.

-Sí, mamá, ya voy-asintió sentándose resignada al lado de Martha.

-¿Ya está todo listo? ¡Esta servidumbre de ahora no es como la que había cuando yo era chica! Recuerdo que en mis tiempos...-comenzó a narrar la mujer ante la mirada de compasión del resto de los pasajeros.

Hugo comprendió que no regresarían por él y comenzó a caminar lentamente sosteniéndose de unos postes percibiendo, que le quedaba muy poco tiempo.

-Es increíble como suceden las cosas. Conocí al verdadero amor y lo perdí enseguida. Por lo menos tuve la suerte de poder confesárselo y él a mí. Debo conformarme, esta época no sería muy conveniente para nosotros, nacimos en un tiempo equivocado-intentó convencerse el hombre.

Gaspar fingió calmarse hasta sentir que comprendió que sus acompañantes ya no le prestaban atención.

-Todavía puedo ver el barco, esta cáscara de nuez no ha logrado avanzar mucho desde que subimos. Espero Hugo haya logrado ubicarse junto a Selva, caso contrario todo será inútil-pensó Gaspar mirando a lo que quedaba de la embarcación.

-En breve se hundirá completamente con la poca gente que todavía queda junto a él-sollozó una señora que llevaba a una pequeña niña entre sus brazos.

-es increíble, jamás imaginé que mi viaje de quince terminara de esta forma-agregó una adolescente. ¡Mi familia debe estar desesperada, pensar que no querían que viniera!

Gaspar fue a contestar en el momento que vio al solitario hombre tratando de sostenerse de una baranda.

-No pudo distinguirlo bien, pero parece Hugo -susurró acercándose al borde de la barca .Entonces, no llegó a tiempo para salvarse.

-Deje de moverse, o volcaremos -gritó una anciana. ¡Por favor hagan algo con este loco!

-Obedezca, de acá no puede ver bien -ordenó el hombre que comandaba la operación. Sería mejor que ayudara con los remos ¡Bastante tenemos con tanta mujer inútil!

-Ahora irán más rápido, yo me voy-exclamó Gaspar preparándose para tirarse al agua. ¡No dejaré morir solo a Hugo!

-No hagas locura-intentó cogerlo otro pasajero al comprender lo que el joven tenía pensado realizar.

-Déjelo marchar, solo ha molestado desde que llegó. ¡Y con menos peso iremos más rápido-grító él tipo que se había arraigado la conducción del salvataje.

-Usted me tiene harto, insultando y ordenando todo el tiempo-soltó el individuo a Gaspar para golpear al quejoso.

El joven aprovechó ese instante de confusión, y mirando una última vez hacia oscuro cielo, se tiró al agua.

-¡Hugo, espérame, ya llego!-grító comenzó nadar con todas su fuerzas.

-Al fin se tiró. ¡Usted tiene la culpa!-increpó el pasajero que trató de salvar a Gaspar al tipo que había golpeado.

 -Bah, es solo un pervertido. El mundo estará agradecido-susurro este pasándose la mano por el dolorido rostro. ¡Remen!

Gaspar logró sostenerse del destrozado barco y comenzó a gritar con desesperación.

-Hugo, Hugo, por favor…ya no puedo más.

-Parece que me llamaran, debe ser el agotamiento que me hace escuchar cualquier cosa -susurró asomándose por el pretil.

-Soy yo, apúrate o moriré ahogado.

-Dios mío, no puede ser verdad, parece ser Gaspar. ¡Debo estar viendo visiones!- tartamudeó corriendo hacia el sitio donde el joven luchaba por mantenerse a flote.

- Aquí estoy, ya no puedo sostenerme -gimió el joven sintiendo que se hundía irremediablemente.

-Tiraré este pedazo de puerta para que trate de subirse. Espero que lo logre-exclamó triando al madera al agua. Querido, ¿puedes ver la puerta que lancé? ¡Ya te sigo!

-No veo nada, recuerda que te amo-alcanzó a gritar antes de desaparecer bajo las aguas.

-No te dejaré morir -- exclamó tirándose al agua, ¿pero dónde carajo estás?

-Aquí –escuchó una voz casi sin vida.

-Sigue gritando-gimió Hugo.

-No puedo más.

-Te tengo-sollozó Hugo haciendo un esfuerzo sobrehumano para arrastrar a su amante hacia la escurridiza madera. Un esfuerzo más, sube. Yo me sostendré del borde.

-Morirás por mi culpa, debí hacerte caso-comento el joven tiritando de frio.

-Cállate y obedece-lo empujó con toda su fuerza hasta acomodarlo sobre la madera.

-Me pareció que el tipo de la cubierta eras tú-musitó Gaspar .Y sin ti, de cualquier forma estará muerto.

-Eres un loco, no podías ver bien con esta terrible oscuridad. ¡Arriesgaste tu vida!

-Puede ser, pero ti vi con el corazón, y ese, nunca se equivoca-murmuró. Moriremos juntos.

-Eso no sucederá, el destino nos unió, y no querrá separarnos. Nuestro encuentro es un milagro, querido, no me caso de pensarlo.

-Tengo un profundo sueño-bostezó Gaspar.

-No te duermas, por favor, aguanta solo un poco más. ¿Recuerdas cómo nos conocimos? Desde el comienzo descubrí que no eras el diseñador.

-¿Cómo hiciste?-preguntó Gaspar abriendo los ojos.

-Ya lo había visto una vez-confesó Hugo intentando distraer a su amado.

-¿Entonces porque no me denunciaste en ese momento?

-Pensé sacar provecho de ti, vi tu audaz mirada recorriendo mi cuerpo y decidí que dormiría contigo a como dé lugar. Nunca imagine ser cazado por la presa.

-En cambio, yo me enamoré en seguida, aunque me costó reconocerlo.

-Tengo planes para cuando regresemos. Te los contaré mientras llega el rescate-comentó Hugo intentando mantener despierto al joven.

-Más tarde, ahora tengo que dormir un rato-susurró Gaspar con un hilo de voz.

 -Lo lamento, pero no te lo permitiré-comentó Hugo sacudiendo al joven mientras movía sus piernas para que no se le endurecieran por el frio del agua.

--¿Me parece o está saliendo la luna? Siento su brillo por algún lado comentó Gaspar suavemente.

-No, querido. Parece ser un foco, parece que, vienen a rescatarnos. ¡Espero que nos vena!

 -¿Hay alguien por allí?-retumbó en ese momento una voz masculina.

-ACÁ-exclamó Hugo con todas sus fuerzas.

-Ya vamos, resista-respondió un marinero desde el barco, al mismo tiempo que alumbraba a la provisoria balsa.

-¿Ves querido? Te dije que no salvaríamos, somos un milagro, o el amor lo es….Sin duda el cielo deberá esperar-susurró sin recibir respuesta.

Te amo por encima de todo aquello que no podemos ver, por encima de lo que no podemos conocer.

(Federico Moccia)

Capítulo XI

Hugo sintió que le tiraban de los brazos y gimió.
Agotado por los nervios y el frío sentía que
deseaba hablar, pero las palabras no salían de
su boca.

Sin embargo, sus copiosas lágrimas al sentir
que finalmente habían sido rescatados,
expresaron todo aquello que su boca no podía
soltar.

-Calma, amigo. Ya estás a salvo —escuchó que
alguien susurraba mientras su cuerpo
comenzaba a entrar en calor por los abrigos con
que lo cubrían.

-H-había un joven conmigo-logró expresar
tomando de la mano a un hombre que no dejaba
de refregarle al piernas.

-Se pondrá bien, no para de preguntar por su acompañante. Imagino que serás tú-sonrió el hombre.

-Gracias a Dios-exclamó aspirando una gran bocanada de aire. ¿Y mi chaqueta?-exclamó de pronto.

-Ya no servirá más, está muy estropeada, la dejé en un balde.

-Dámela –gimió. Es recuerdo alguien que perdí y quería mucho. Por favor, por favor –suplicó inquieto.

-Está bien, está bien. En un rato la pondré en una bolsa y te la devolveremos.

-Ahora-rogó.Tus compañeros pueden tirarla como un trasto viejo.

-Estamos muy ocupados para fijarse en…tu saco, hay muchos heridos que tenemos que atender

-Tengo que encontrarla –afirmó intentando levantarse.

-Espera un minuto, iré a buscarla-giró los ojos tratado de controlar su paciencia. ¡No te muevas!

-Gracias-exclamó Hugo expectante.

-Aquí la tienes, la escurrí todo lo que pude, pero cuando regresemos la secarás mejor, si es tan importante para ti-agregó el hombre mostrándole una bolsa de nylon.

-No sabes cuánto –balbuceó cerrando los ojos luego de revisar que realmente fuera su saco.

-Ahora descansa tranquilo, has pasado demasiados nervios-susurró la misma voz acariciando el húmedo cabello de Hugo.

-Ni te imaginas-alcanzó a musitar antes de quedar dormido.

Hugo abrió los ojos y frunció el ceño al contemplar la desconocida habitación en la cual había despertado.

-¿Dónde estoy?-susurró pasándose un mano por el rostro.

-Querido hijo, al fin reaccionas -exclamó su María Elena, su madre. ¡Qué susto nos diste!-comenzó a llorar abrazándola. ¡Pensamos que te habíamos perdido!

-Me duele horrible la cabeza-sollozó.

-Iré a buscar a un médico-escuchó la voz de su padre como si viniera de lejos.

-Sí, ¡apúrate, Romualdo!-se dirigió la mujer a su esposo. Dile que nuestro hijo acaba de abrir los ojos.

-Calma, mujer, ya voy-suspiró el hombre besando a Hugo antes de dejar la habitación.

-Ahora voy recordando. El barco…la gente gritaba como desesperada. Nunca olvidaré esos gritos-gimió.

-No piense más, ya estás de regreso, junto a tu familia-exclamó la mujer besándole la frente. ¡Casi nos morimos cuando escuchamos acerca de la tragedia!

-.Imagino que hubieron más sobrevivientes.

-Así fue, pero ahora no pienses más.

 -¿Mi chaqueta? –murmuró mirando para todos lados.

-El Oficial que te salvó dijo que era muy importante para ti, así que te la sequé y le dejé en el ropero. Aquí la tienes, ¿se puede saber de quién era?

-Cundo mejore les contaré, es una larga historia.

-No te preocupes, disculpa mi ansiedad. Por cierto te dejó saludos Selva. La pobre chica tiene un largo camino por delante.

-Mamá, yo no...

-Lo sé todo, no te esfuerces. Dijo que habían descubierto que no se amaban y ya no pensaban casarse... De cualquier forma, se ofreció ayudarnos a pagarlas deudas. Su padre hubiere hecho lo mismo.

-"¿Hubiera?-preguntó Hugo.

-El hombre falleció del corazón al mismo tiempo que se produjo el naufragio. Así que deberá hacerse cargo de la empresa familiar completamente sola, ya que su madre debió ser internada en un centro de salud mental.

-¿Quieres decir que... Martha?

-Enloqueció, aunque no se sabe si es momentáneo o permanente. Habrá que esperar.

-¡Pobre mujer!-suspiró sacudiendo la cabeza.

-Sería bueno que la llames cuando te reestablezcas.

-Por supuesto. Me, Mamá, hay alguien más por quien me gustaría preguntar–carraspeó Hugo en el momento en que entraba el médico.

-Con permiso-sonrió .Vengo a revisar al paciente, así que les voy a pedir que se retiren.

-Como ordene, Doctor-asintió la mujer.

-¿Cómo se siente?-sonrió a Hugo al quedar solo.

-Más o menos –confesó este. Muy confundido.

-Es normal, luego vendrá un psicólogo a conversar con usted.

-Excelente-agregó el hombre.

 -Pueden entrar-anunció el Doctor asomándose a la puerta media hora después. Físicamente está bien, pero ya es tarde para darle el alta, así que lo dejaremos una noche más, y mañana temprano podrá irse-explicó a sus ansiosos padres.

-¡Gracias a Dios!-exclamó la mujer

-Pero con todo lo que ha pasado es recomendable que vea a un psiquiatra y a un psicólogo. Estas situaciones son muy traumáticas, y suele dejar secuelas en las personas. Aunque no se refleje inmediatamente, deben tener en cuenta que ya no es la misma persona que la que se fue.

-Entendemos, Doctor-afirmó su padre.

-Él ya lo sabe, y aceptó de muy buen gana la ayuda de un profesional. A veces tendrá dolor en las piernas, algunas cefaleas, pero nada que no se solucione con algún analgésico. ¿Alguna pregunta más?

-Entendimos todo-afirmó Romualdo.

-Bien, familia .Le deseo buena suerte. Hugo, naciste de nuevo -sonrió el Doctor haciendo un guiño antes de irse.

 -Ni que me lo diga, Doc-asintió Hugo.

-Me quedaré contigo toda la noche-afirmó María Elena arreglándose el sillón d de acompañantes...

-No, mamá, estoy bien. Vayan a descansar. Mañana a esta hora estaré en casa-sonrió.

-Podrías quedarte unos días con nosotros-
insistió su madre...

-No lo tomes a mal, pero estoy desenado llegar
mi lugar.

-¿Estás seguro?-titubeó la mujer.

 -Si cambio de opinión te lo haré saber. Ahora
vayan, es tarde.

-Bien hijo, mañana nos vemos. Poco a poco
volverás a la normalidad -acotó Romualdo.

-Eso espero-tosió Hugo mirando el techo con la
mirada perdida.

-Antes de que entrara el medico querías
preguntarme por otra persona, ¿a quién te
referías?

- Ya iba hacerlo-asintió. Había un joven pelirrojo
que fue rescatado conmigo, me gustaría saber
que fue de su vida-titubeó.

-Ah, sí, un tal Gaspar -expresó María Elena. Se
fue hace unos días, dijo que te agradeciéramos
todo lo que hiciste por él y te deseó lo mejor.

-¿Quieres decir que no dejó una dirección, un
teléfono donde ubicarlo?-tartamudeó un
incrédulo Hugo conteniendo las lágrimas.

-Nada de eso-respondió a la mujer alarmada por el temblor de su hijo.

-¡No puedo creerlo!-comenzó a llorar acomodándose de cara a la pared. ¡Cómo pudo hacerme algo así, él sabía lo que significaba para mí!

-En realidad, pidió que lo disculparas. Que era lo mejor para ti, no quiso explicar a qué se refería.

-Idiota, ¡con todo lo que pasamos juntos, como se atreve a decidir por mí!-gritó Hugo golpeando la pared.

-Tal vez sea mejor llamar al médico-exclamó María Elena asustada por el repentino mal humor de su hijo.

-Nada de médicos...preferirá que se fueran. Debo pensar.

-Pero, hijo, te has puesto muy mal.

-Nos vemos mañana temprano .Papá, por favor-susurró sin girar para despedirse.

-Vamos, querida. Hugo tiene razón, precisa reflexionar a solas. Presiento que nos esperan tiempos complicados.

-De acuerdo, te preparare la sopa que tanto te gusta -susurró la mujer besando a su hijo que parecía haber quedado dormido otra vez.

-¿Dónde estás, querido? Pero te encontraré, siempre te encontraré. Puedes estar seguro- sollozó sintiendo que el cansancio volvía a vencerlo.

Cuatro meses después

Hugo miró el reloj y comprobó que eran las dieciocho, hora de terminar la jornada laboral.

-Otro aburrido día que ha acabado sin tener noticias de Gaspar. El detective que contrate ha recorrido medio país y no ha logrado obtener ni una pista. ¡Pero todavía queda la otra mistad!- suspiró intentando darse ánimo. ¿Dónde mierda se habrá metido?

-Señor, si no precisa me marcho—comentó su secretaria al igual que todas las tardes.

-No, Rosita. Que descanses.

-Gracias-titubeó la mujer que lo había acompañado durante sus diez largos años en el estudio jurídico de su padre.

-Es hora de que hale con papá. Por muchos años he desempeñado eta profesión que no me satisface. Traté de no defraudarlo, ya que era único hijo y todos los varones el familia habían continuado con el legado familiar, pero ya no es posible. Cada día me siento más insatisfecho, y luego del viaje, comprobé que la vida es una sola. Este fin de semana haré una reunión en casa y les confesaré la verdad, sin duda el primo Saúl estará feliz de ocupar mi lugar. Y es familia -sonrió el hombre poniéndose la famosa chaqueta que había salvado del naufragio.

-Buenas tardes-lo saludo el Conserje abriendo la puerta del edificio donde se encontraba ubicado el despacho.

-Hasta mañana –ser despidió Hugo automáticamente.

Media hora más tarde, entro a su solitario apartamento en el piso céntrico en que vivía y comenzó a mirar las luces de los arbolitos de Navidad que brillaban en los ventanales contiguos.

-Como pueden cambiar las cosas en pocos meses. Fueron solo tres días juntos y te extraño como si te hubiera amado desde siempre, ¿dónde mierda estarás, loquillo?-se preguntó escuchando el insistente repiqueteo del teléfono. Veré quien es o me enloqueceré -suspiró dirigiéndose al aparato.

-Disculpa a la hora, pero imaginé que querría saberlo inmediatamente-afirmó la conocida voz.

-Dime que lo encontraste -ordenó al Detective privado que había contratado para ubicar a Gaspar.

-Exactamente, y esta vez no hay dudas. Es él-exclamó el hombre alegremente.

-Pásame los datos ya mismos. En este mismo momento salgo a buscarlo, -sonrió Hugo mientras su corazón parecía querer salir del pecho.

-Con mucho gusto-asintió el detective tomando su libreta de datos. Anota.

-Será mejor que salga al amanecer. El viaje a Mar del Plata me llevará como cuatro horas y ya son las veintidós. Seguramente la pensión donde vive debe estar cerrada, y yo tengo que tranquilizarme .Además, tengo una carta que escribir -susurró sentándose en el sillón apartando el papel donde había escrito el sitio en que se ubicaba su amado.

Al finalizar, Hugo se tiró en la cama y comprendiendo que no podría pegar un ojo, comenzó a imagina los felices dais que lo esperaban.

-Esta vez, no te dejaré escapar. Aunque tenga que encadenarte a mi muñeca-sonrío observando por la ventana el estrellado cielo.

-Fotos, fotos. El mejor recuerdo de esta ciudad tan maravillosa –gritaba Gaspar una y otra vez.

- Joven, quiero varias-escuchó que lo llamaban desde lejos.

-Esa voz-pensó. Debo está enloqueciendo .Voy, Señor-exclamó girando apresurado. Tú…

-Yo-acotó Hugo acomodándose las gafas oscuras. Necesitaba verte y conversar, escuchar de tu propia voz que todo lo que vivimos fue una mentira.

-Me alegra que lo entendieras, un diversión momentánea, una forma de pagarte lo que hiciste por mí-carraspeó Gaspar tratando de parecer firme.

-No te creo una palabra -susurró Hugo acercándose peligrosamente a su amante.

-Regresa a tu casa, y olvídame. ¡Nuestro amor es prohibido!

-No me interesa, solo sé que te amo y no voy dejarte huir nunca más.

-Tienes tu trabajo, tu familia en Buenos Aires susurró sintiendo que sus piernas flaqueaban.

-Ya no tengo empleo, renuncié antes de salir. Y quizá mi familia me repudie cuando sepa que estoy enamorado de un hombre. Así que será mejor que me mantenga lejos de ellos.

-Lo siento, no pudo permitirlo-sollozó el joven. ¡Perderías todo por mí!

-No recuerdo haberte pedido permiso. Ahora, ¿podemos seguir conversando en un lugar privado? ¿O prefieres ir preso por desacato? Algo a lo cual estás acostumbrado-rio Hugo besándolo ante la incrédula mirada de los paseantes que cubrían los ojos de los niños.

-¿De qué viviríamos? ¡Yo no tengo nada!

 -De lo que guardé durante tanto tiempo en mi chaqueta-sonrió mostrándole los anillos de compromiso que había logrado mantener a salvo.

-Pero…los compro tu ex suegro.

-Me los regaló, y los obsequios no se devuelven. Podríamos poner un negocio entre los dos. Si te gusta aquí, o en otro lado

- Lo decidiremos después-asintió Gaspar sonriendo abiertamente. Al igual que el tipo de actividad que podríamos realizar.

-Me gusta a la idea, y tengo claro el tipo de actividad que deseo realizar ahora. ¡Cuatro meses de celibato no es cosa buena!

-Somos dos. Sígueme, te llevaré al sitio donde estoy viviendo. No es muy agradable pero servirá.

-Eso es lo de menos. Estamos s juntos, y como te dije hace tiempo, hasta el cielo puede esperar.

-En cuanto a esas las alianzas que llamas tuyas...

-No sé de qué hablas, apura la marcha o te desnudare entre la dunas, ya no resisto más.

-Eres muy atrevido, abogado. No lo parecías.

-Muchas cosas no son como parecen querido. Pero ya lo aprenderás-sonrió guiñándole un ojo, mientras el sol brillaba con toda su esplendor veraniego.

-Si tú lo dices-asintió Gaspar levantando las cejas graciosamente.

FIN

"Ven a dormir conmigo. No haremos el amor, el amor nos hará."
Julio Cortázar

"Ven a dormir conmigo. No haremos el amor, el amor nos hará."